여자, 거침없이 떠나라

여자,
거침없이
떠나라

남인숙 지음

랜덤하우스

이 책을

미래를 위해 무엇인가를 결정해야 할 순간에 있는

당신에게 드립니다.

Contents

여행과 인생에서 성공하기 위한
일곱 가지 당부

막 세수를 마친 얼굴에서 물기를 닦아 내던 나는 거울을 보고 거의 비명을 지를 뻔했다. 얼굴에 수박씨만 한 뾰루지가 돋은 것이다. 그것도 관자놀이나 귀밑머리 아래가 아닌, 말을 할 때마다 시선이 가는 입 바로 아래에! 이쯤 되는 녀석이라면 제아무리 강력한 화장품을 써도 충분히 가릴 수 없을 것이다. 나는 잔뜩 풀이 죽어서는 오늘 입으려고 꺼내 둔 블라우스를 옷장에 다시 집어넣었다. 이런 꼴로 3개월 무이자 할부로 산 새 옷을 개시할 수는 없는 일이다. 물론 오늘 하루 만나게 될 사람들이 내 턱에 난 뾰루지 따위에 관심을 가질 리 없다는 건 나도 잘 안다. 문제는 하루에 열 번은 거울을 보는 나 자신이다. 아마도 결점을 감추기 위해 덧바를수록 화장이 뜨고 엉기는 것에 종일 신경을 쓰며 의기소침해질 것이다.

나는 '뾰루지가 돋아도 신경 쓰지 않을 것 같은 여자'의 콘셉트로 다시 옷을 맞추어 입고 출근길에 나섰다.

"오늘 금요일인데 약속 없나 봐? 딱 야근 전용 복장인데."

모닝커피를 하던 왕 과장이 붙임성 있게 인사를 건넨다. 아침이라는 시간에 꼭 어울리는 그녀의 하이 톤 목소리에 나는 그만 살짝 기분이 상하고 말았다.

'야근 전용 복장.'

아침부터 입은 옷이 작업복 같다는 소리를 듣다니. 차라리 야근하라고 직접 말을 할 것이지……. 이게 다 뾰루지 때문이다.

왕 과장을 1년이나 봐왔는데도 나는 그녀가 어떤 사람인지를 모르겠다. 주위 사람들에게 꼼꼼히 다정하고 사근사근하게 일 푸는 것도 유려한데, 가끔 자객처럼 생각지도 못한 순간에 급소를 후려칠 때가 있다. 그것도 당하는 사람 말고는 아무도 알아채지 못하도록.

"야근 전용 복장 맞아요. '마(魔)의 20일'이 코앞이잖아요."

"하긴…… 이 대리 퇴사하고 고미경 씨 혼자 처음 맞는 마감이지? 정신없겠네. 회사는 사보 담당 인원 배정에 왜 그리 짠지 모르겠어. 업무량이 그렇게 많은데 고작 한 명이 뭐야? 사보는 회사의 얼굴인데."

뺨 때리고 어르기. 왕 과장은 역시 노련하다. 나는 요즘 그녀를 내 멘토로 삼아야 할지 말지 갈등 중이다. 전쟁터나 다름없는 사회생활에서 살아남기 위해 그녀의 프로다움을 본받는다면 틀림없이 도움이 될 것이다. 그러나 어쩐지 마음이 내키지를 않는다.

"요즘이 어떤 세상인데 사보 담당 인원을 늘립니까?"

자리에서 왕 과장과 내 이야기를 듣고 있던 실장이 툭 내뱉듯이 말하며 끼어들었다.

"인터넷이니 인트라넷이니 정보 교환 채널이 넘쳐나는 시대에 누가 그걸 찾아본다고. 회사도 다 생각이 있으니까 충원을 안 해주는 거 아니겠어요? 조만간 다 없어지고 웹진 같은 걸로 대체될 테니, 내 말이 틀리나 어디 한번 보자고요."

이래서 내가 늘 실장을 왕 과장보다 한 수 아래라고 생각하는 거다. 지금쯤 홍보실 사람들은 다들 속으로 '저렇게까지 말할 건 없잖아? 그렇지 않아도 고미경 씨 언제 잘릴지 모르는 상황인데.' 하고 생각하고 있을 거다. 구조 조정이 있을지도 모른다는 소문에 다들 예민해져 있는 때 아닌가. 얻는 것 없이 말로 인심만 잃는 어리석은 사람.

자리에 앉아 컴퓨터를 켜자 갑자기 두통이 밀려온다. 지난달까지 사보 편집을 책임지던 선배가 사표를 내고 나가면서 그 많은 일이 모조리 내 차지가 되었다. 표지 디자인에서부터 섭외, 취재, 교열, 사진 촬영, 인쇄, 배본까지 일일이 손길이 미쳐야 하는 잡지 한 권을 고작 2년 경력의 얼뜨기 여사원 혼자서 만들고 있다는 걸 사람들은 짐작이나 할까? IMF 전에는 사보 팀이라는 것이 있어 십여 명의 사람들이 일을 나눠 조직적으로 움직였더라는 전설이 있지만, 어느 날 갑자기 황금시대는 끝나고 말았다. 금단의 열매를 따 먹은 장본인도 아닌데 나는 전성기를 한참 지나다 못해 다 죽어 가는 사보라는 녀석의 운명을 책임지고 있다. 입사 때 글 쓰는 동아리에서 활동했다는 쓸데없는 말로, 허전한 이력서 칸을 채운 죄로 말이다. 권한과 직함은 없으면서 책임만 떠안게 된 나는, 요 며칠 입만 남겨 두고 숲에 암매장된 빚쟁

이처럼 일에 묻혀 간신히 숨만 쉬며 버티고 있다.

사내 전산망에 접속하자 수십 통의 이메일과 공지 사항이 화면 가득 떴다. 나는 100대 1이 넘는 경쟁률을 보였다고 떠들썩했던 신입 사원 공채 합격자 명단부터 훑어봤다. 근무 환경도 연봉도 그저 그렇고 최근 모기업이 주식을 거둬들이고 있다는 흉흉한 소문마저 도는, 대기업 계열사라는 이름뿐인 이 회사에 하릴없이 꼬여 든 인재들을 그냥 한번 확인해 보고 싶어서였다. 합격자 명단 중에 '이서린'이라는 이름이 눈에 들어왔다. 대번에 가는 어깨와 하얀 피부에 차고 맑은 분위기를 지닌 여자의 모습이 떠오른다. 나는 어려서부터 내 이름이 마음에 들지 않았다. 할아버지가 직접 지어 주셨다는 '고미경'이라는 이름은 흔한 건 둘째 치더라도 말끔한 거울 같은 느낌이 없었다. 어딘지 모르게 박복하고 눈치 없는 여자를 떠올리게 하는 내 이름이 나를 닮은 것 같아 참 싫다. 이 두 이름으로 소설을 쓴다면 이서린은 여주인공이고 고미경은 향단이 캐릭터의 주인공 친구쯤 되겠지. 이름처럼 나는 어딜 가나 조연이다. 뜬금없이 이서린이라는 여자가 부러워진다. 갑작스러운 결원에 특채로 얼렁뚱땅 들어온 나와는 달리 재색을 겸비했을 그녀에게 질투를 느꼈다.

수신함을 열어 스팸을 걸러 내고 업무 관련 메일을 체크
하는 중 발신자가 '장미경'인 메일이 눈에 들어왔다.

'누구지?'

내용을 열어 보자 '여행과 인생에서 성공하기 위한 일곱
가지 당부'라는 제목의 문서가 첨부되어 있었다. 그제야 생
각이 났다. 요즘 마케팅 팀에서 새롭게 론칭하는 의류 브랜
드를 백화점에 입점시키려고 안간힘을 쓰고 있으니 KM 유
통의 실세 장미경 전무를 좀 띄워 주랍시는 윗분의 분부가
내려왔었지. 나는 비서실을 통해 6개월 정도 글을 연재해
달라는 요청을 했는데, 여행광이라고 알려진 장 전무는 여
행을 주제로 자신의 성공 비결을 쓰고 싶다고 했다. 나조차
너무 바빠 잊어버렸던 원고가 부탁한 날 정확히 도착해 있
었던 것이다.

'언제나 떠날 준비를 하라.'

건조한 손놀림으로 스크롤을 하던 나는 원고 제목을 보
는 순간 가슴께에 가는 바람 한 점이 스쳐 가는 것을 느꼈
다. 왜인지는 몰랐다. 다만 요즘 들어 항상 체기를 걸고 있

는 듯 갑갑한 명치끝이 조금 '움찔'했을 뿐이다. 어쩌면 며칠 전 써서 서랍 안에 넣어 둔 사표 때문일지도 몰랐다. 글보다는 '떠난다'는 말에 이처럼 예민해져 있는 나 자신에게 신경을 쓰며 본문을 내쳐 읽었다.

여행과 인생 항해를 잘하려면 평생, 그리고 언제나 떠날 준비를 해야 한다. 그리고 그것을 즐길 수 있어야 한다. 여행이란 그저 유명 관광지를 들러 발 도장을 찍는 일이 아니다. 낯선 공간에서 또 다른 나를 만나는 일인 것이다. 그러기 위해서는 많은 준비가 필요하다. 비자나 비행기표 따위를 말함이 아니다. 여행지에 대해 눈과 귀와 마음을 열고 천천히, 그리고 조금씩 그곳에 젖어 들어야 한다. 그래야 마침내 여행지에 도착했을 때 '유명한 곳에 왔노라, 보았노라, (사진을) 찍었노라.'식의 초보적인 순례에서 벗어나, 여행지의 깊은 속살과 만나게 되는 것이다. 이렇게 여행을 준비한 사람은 자신이 가고 싶은 곳이 어떤 곳인지, 가서 어떤 일을 하고 싶은지를 잘 안다. 그런 사람은 파리에 가서 에펠탑에 들르지 않아도 후회하지 않는다. 자기가 만나고 싶은 것은 다 만났기 때문이다.

여기까지 읽고 나는 잠시 고개를 든 채 멍하니 생각에 빠졌다. 대학 시절 다녀왔던 유럽 여행이 떠올랐기 때문이다.

그 여행에서 만났던 누군가가 이런 충고를 했다.

"준비를 많이 하지 못했다면 욕심 부리지 마세요. 중요한 건 어디에 가느냐가 아니라 거기서 내가 뭘 느꼈는가 하는 거예요."

그럼에도 불구하고 그때의 여행은 지금 돌이켜 보니 장미경 전무가 말하는 '초보적인 순례'에 불과했다. 그러지 말아야겠다 생각하면서도 나는 무엇 하나라도 더 봐야 한다는 의무감에 쫓겨 이런저런 명소들을 부리나케 옮겨 다녔다. 어찌나 걸었던지 운동화 밑창이 해지고 처음으로 발에 무좀까지 얻었을 정도였다. 그게 모두 여행지의 속살과 만날 준비를 덜했기 때문이라는 걸 이제야 깨닫는다.

로마에서 성 베드로 성당에 들렀을 때였던가. 사람들이 줄을 서서 베드로 상의 발을 만졌다. 그렇게 하면서 빌면 소원이 이루어진다는 전설 때문이었다. 아닌 게 아니라 베드로 상의 발은 오랜 세월 수많은 사람들의 손길에 반들반들하게 닳아 있었다. 나는 그 줄에서 차례를 기다리는 걸 참을 수 없어서 그 길로 성당을 나와 다음 목적지인 '천사의 성'

으로 발걸음을 돌렸었다. 그런데 수년이 지난 지금도 가끔성 베드로 성당과 그 베드로 상이 불쑥불쑥 떠오르곤 한다. 창의 햇살이 마치 천상에서 내려오는 것처럼 길게 쏟아지던 서늘하고 거대한 성당, 그리고 그 한쪽에서 사람들을 내려다보며 앉아 있던 베드로의 닳아진 발과 사람들의 진지한 바람들……. 그때 나도 그들 사이에서 소원을 빌었다면 지금과는 다르게 살고 있을까? 언제 없어질지 모르는 사보와 그와 함께 파리 목숨인 일자리를 붙들고 전전긍긍인 스물다섯 살의 한심한 청춘과는 다른 삶 말이다. 이제라도 다시 바티칸으로 날아가 베드로의 발을 싹싹 문지르며 소원을 빈다면 어떨까? 하지만 사실 그렇게 한다고 해도 무슨 소원을 빌어야 할지 모르겠다. 어쩌면 그때의 나 역시 기다림을 감수하고라도 빌고 싶은 소원이 마땅히 없었던 것일 수도 있겠다.

늦겠다 싶어 허둥지둥 도착한 약속 장소에는 역시 셋밖에 와있지 않았다. 대학 동창 모임에 제시간에 사람들이 모인 적이 한 번도 없다는 걸 뻔히 알면서도, 나는 늘 불안해하며 약속 장소로 달려오고 그러면서도 늘 지각을 한다. 내가 들어오는 걸 보고 하영이 손을 번쩍 들어 알은체를 했다. 하영 옆에 앉으려고 빈자리에 있던 하영의 가방을 들어 건네줄 때 보니, 40~50대 아줌마들이 백화점 세일 매대에서 주로 사들이는 브랜드명이 간판처럼 박혀 있었다. 가방홀릭인 나는 그 사람이 든 가방으로 그 성향을 짐작한다. 그리고 이런 가방을 들고 다니는 사람과는 대개 코드가 맞지 않았다. '나, 백화점에서 쇼핑하는 사람이야.' 하는 마음에 스스로 안주해 가격으로도 감각으로도 만족스럽지 않은 어중간한 물건을 사들이는 사람. 차라리 동대문 시장에서 산 유행 스타일 백을 자신 있게 들고 다니는 여자가 내 타입이다. 내게서 가방을 받아 든 하영이 반가움을 호들갑스럽게 과장해 물었다.

"야근 땜에 못 온다더니 어떻게 된 거야?"

"생각보다 일이 일찍 끝났어."

"좌우간, 너는 동창회에 목숨 건다니까."

하영은 신비한 능력을 가진 친구다. 일정한 상황에서 '별 것 아니지만 상대방이 가장 듣기 싫어 할 말'이 무얼지 귀신같이 짚어 내 말하는 재주를 지녔다. 하영의 말이 정말이었기에 나는 나도 모르게 조금 상처를 받았다. 사실 저녁 내내

올까 말까 갈등을 했었다. 끝내 왕 과장이 퇴근하자마자 산 같은 일거리를 덮어 두고 이리로 온 건 '이게 다 투자다.'라는 생각 때문이었다. 요즘은 네트워킹도 능력이다 뭐다 하는데 나는 사람 사귀는 재주가 너무 없다. 어쩌다 새로운 모임에 끼어 앉아도 자꾸만 대화에서 소외되는 쪽이다. 그나마 가까이하던 사람들하고라도 끈을 놓지 않아야 외따로 떨어지지 않을 것만 같다. '나도 사람들과 만나는 걸 즐기고 있다.'고 합리화시키곤 하지만, 늘 겉돌면서도 사람들 속에 있어야 안심이 되는 나 자신이 초라하게 느껴질 때가 한두 번이 아니다.

시간이 지나 동창들이 하나 둘 모이면서 술잔이 자주 오가고 분위기가 무르익기 시작했다. 여기저기서 간헐적으로 터져 나오는 웃음소리와 적당히 긴장을 풀어 주는 술기운이 기분 좋았다. 우리 테이블에서는 역시 하영이 분위기를 주도했다. 학교 다닐 때도 늘 그랬다. 화려한 외모에 붙임성 좋고 말까지 재미있게 잘하는 하영은 어딜 가나 관심을 받았다.

"난 대학원에 그렇게 나이 많은 사람들이 많은 줄 몰랐잖아. 나 듣는 수업에도 아줌마들이 몇 명 있는데 아주 미치겠더라. 아까는 교수가 저작권 문제를 설명하면서 칠판에 UCC라고 썼거든. '세계 저작권 협약' 약자 있잖아. 그걸 보더니 내 뒤에 앉은 아줌마가 대뜸 '유씨씨? 저거 인터넷으로 하는 거 아녀? 우리 아들도 하는데?' 하고 옆에 아줌마한테 슬쩍 말하더라고. 황당해서 웃음을 참고 있는데 갑자기 여기저기서 웅성웅성하는 거야. 뭐라고 하는지 가만 들어 보니까 우리 딸도, 우리 아들도, 우리 조카도."

동창들은 하영의 말을 끝까지 듣지도 않고 일제히 웃음을 터뜨린다. 별것 아닌 일이라도 하영이 말하면 그렇게 우스울 수가 없다.

"맞아, 유빈이도 그 비슷한 일 있었다는데……."

그 분위기를 타 나도 한마디 끼어들려는데 하영이 윽박지르듯 말허리를 끊었다.

"또, 또, 오버한다. 여기서 남자 친구 얘기가 왜 나와? 그렇게 만날 유빈 생각만 하고 앉았으니까 '성전환' 같은 사고나 치지."

친구들이 이번에는 아예 탁자를 쳐대며 배를 잡고 웃었다. 몇 달 전 내가 교열을 본 원고의 필자 이름 '성진환'이 오타로 '성전환'이라고 잘못 나간 적이 있었다. 머리끝까지

화가 나 고래고래 소리를 지르는 필자에게 머리를 조아리고, 꼬박 이틀을 잘못된 글자를 붙여 다시 발송해 진을 빼고도 실장한테 깨질 대로 깨진 끔찍한 사건이다.

졸지에 대화에서 소외되고 웃음거리마저 된 나는 잠시 얼어붙었다. 그러나 아무도 내가 기분 나쁠 거라고 생각하지 않는 것 같다. 이럴 때 화를 내거나 따지면 나는 주변머리 없는 데다가 속까지 좁아터진 사람이 된다. 그래, 어쩌면 내가 예민한 것일 수도 있다. 친구가 허물없이 하는 농담을 뾰족하게 받아들이는 내가 더 이상한 거다. 하영은 모임 때마다 전화를 걸어 나를 챙겨 주고 해마다 생일 파티까지 마련해 준 '친구' 아닌가.

수초 만에 이런 결론에 도달한 나는 재빨리 굳은 표정을 수습하고 다른 친구들과 같이 웃어 버렸다. 동창 모임 두 시간 만에 나는 일 못하는 팔불출, 대화에 못 끼는 왕따로서의 열등감에 소인배로서의 자괴감까지 덤으로 얻은 채 미친 듯이 웃고 있었다.

어쨌든, 나는 다음 달 모임에도 만사 제쳐 놓고 달려올 것이다. 아마도.

언제나
떠날 준비를 하라

늘 조금씩
떠날 준비를 하는 데
익숙해 있는 사람은
안주하는 사람보다
행복하다.

얼마간 더 고생을 하고 나서 나는 가까스로 제날짜에
필름을 인쇄소에 넘겼다. 요 며칠 나는 사람이 스트레스를
받으면 몸에 어떤 증상이 일어날 수 있는가를 새롭게 확인
했다. 불면증이나 두통, 소화불량, 변비 정도는 전에도 좀
시달릴 때면 겪었던 증상들이다. 그런데 어금니가 갑자기
흔들린다거나 잘 쓰던 화장품이 갑자기 알레르기를 일으킨
다거나 일주일 전에 끝난 월경이 다시 터진다거나 하는 일
들까지 스트레스와 관련시키지는 못했었다. 죽을병에 걸린
줄 알고 달려간 병원에서 나는 덤으로 치질까지 발견하게
되었고, 이 모든 증상들이 스트레스가 안겨 준 종합 선물 세
트라는 진단을 받았다. 나는 스트레스에 다양하게 반응하는

인체의 신비에 경이로움을 느끼면서, 731부대나 나치들도 틀림없이 실험 대상에게 엄청난 일거리와 마감을 동시에 주는 잔인한 생체 실험을 했을 거라고 확신했다.

그러나 필름을 넘겼다고 해서 스트레스 상황이 끝난 건 아니다. 배본이 된 후 며칠간은 새 책을 본 윗분들의 반응을 지켜봐야 하기 때문이다. 이전 책임자였던 이 대리도 인터뷰 기사를 본 사장이 '난 이런 말 한 적 없다.'라며 느닷없이 불벼락을 내린 일을 계기로 사표를 쓴 것이었다.

할 일이 별로 없어 더 불안해지는 '마감 후 증후군' 때문에 온몸에 쥐가 날 지경이 된 나는 외근을 핑계로 사무실을 뛰쳐나왔다. 회사 동료와 마주칠 염려가 없는 안전지대로 나오자마자 '그'에게 전화를 걸었다.

"제발 받아라, 제발!"

그러나 통화 대기음으로 설정된 유행 댄스 음악의 주제 부분이 수십 번 도돌이표를 찍을 때까지 유빈은 전화를 받지 않았다. 행선지를 정해야 하는 지하철역에서, 나는 혹시라도 내 전화가 남긴 수신 기록을 보고 그가 전화를 해오지 않을까 하염없이 기다렸다. 나는 그가 꼭 필요했다. 오늘 같은 날 위로가 되라고 애인이라는 게 있는 것이다. 하지만 끝내 전화는 걸려 오지 않았다.

채령은 사무실 한쪽에서 책더미를 머리에 고인 채 졸고 있었다. 학생들이 별로 드나들지 않는 고문서 열람실의 조용하고 쾌적한 공기라면 나라도 잠이 올 것 같다.

고등학교 시절부터 단짝 친구인 채령이 사서가 되겠다고 했을 때 나는 그녀를 말렸다. 비행기를 마을버스 타듯 하는 다이내믹한 시대에 너처럼 놀러 다니기 좋아하는 애가 입 닫고 책과 씨름해야 하는 도서관에 갇혀 살 수 있겠냐고. 그런데 지금 이 순간, 나는 채령이 전 우주에서 가장 부럽다. 나와 같은 스물다섯 살 여자들이 생업 전선의 뜨거운 맛을 보며 치질 따위와 싸우고 있는 동안, 채령은 고명한 정신세계를 담고 있으면서도 절대 혀는 놀리지 않는 책들을 상대하며 저토록 평화롭고도 아름다운 일을 하는 것이다. 그녀야말로 21세기의 왕족이 아닌가!

내 존경의 눈빛이 부담을 주었는지 채령이 끄응 몸을 일으켰다. 한쪽 뺨이 벌겋게 눌린 채령이 나를 보자 화들짝 놀란다.

"너 변태지? 왜 깨우지도 않고 남 자는 걸 그렇게 뚫어지게 보고 있는 거야?"

"자는 모습이 아름다워서 그랬다."

"네가 마감 끝내고는 기어이 정신을 놓는구나."

채령은 길게 기지개를 켜고는 콤팩트를 꺼내 화장을 고쳤다.

"근데 이 시간에 웬일이야?"

"하도 답답해서 사진 찍으러 간다고 하고 도망 나왔지. 근데 갈 데가 없더라고. 유빈이 만날까 했는데 또 전화 통화가 안 됐어."

내 말에 채령은 콤팩트를 닫고 내려놓더니 전에 없이 심각한 표정으로 나를 보았다.

"고미경, 너 내 말 기분 나쁘게 생각하지 말고 잘 들어. 그렇게 항상 전화를 안 받는 남자는 셋 중 하나야. 첫째, 귀찮아서 전화를 안 받는 배려 없고 무신경한 사람. 둘째, 어딘가 구리고 찔리는 데가 많아서 따돌릴 전화가 많은 수상한 사람. 셋째, 전화 거는 여자한테 관심 없는 남자."

나는 그가 셋 중 어디에 속하는지 잠시 헤아리고 있었지만 채령은 틈을 주지 않았다.

"유빈이 그중 어느 유형이냐 하는 건 중요하지 않아. 왜

냐하면 세 경우 모두 남자 친구로는 결격 사유가 있거든."

"넌 왜 그렇게 극단적이니? 바빠서 못 받을 수도 있는 거잖아. 유빈이가 그랬어. 인터넷 쇼핑몰 고객들이 하루에도 수십 통씩 전화를 해서 도무지 전화받을 틈이 없다고."

"그럼 주말엔 왜 그렇게 통화가 안 되는데?"

나는 갑자기 입 없는 사기 주전자가 되어 채령 앞에서 멀겋게 굴었다. 속에 뭔가 찰랑대긴 하는데 도무지 말로 꺼낼 방법이 없다. 채령이 말을 이었다.

"세상에 사랑하는 여자가 거는 전화를 못 받을 만큼 바쁜 남자는 없어. 받고 바로 끊게 되더라도 일단 전화는 받아야지. 유빈이 개 하는 거 보면 연애하는 남자의 전형적인 모습은 찾아보려야 찾아볼 수가 없다니까."

"남녀 관계에는 둘 사이에서만 알 수 있는 부분이 있는 거야."

"인정해! 하지만 넌 이제까지 남자라곤 유빈이 하나였잖아. 내 말은 네가 정말 여자를 사랑하는 남자가 어떻게 행동하는지 모를 수도 있다는 거야."

"그래서, 넌 내가 어떻게 했음 좋겠는데? 유빈이랑 헤어질까?"

나는 내심 채령이 그와 헤어지라고 강력하게 말해 주기를
바랐다. 요즘 유빈을 떠올리면 이게 아니라는 혼잣말을 자
꾸 하게 되면서도 그를 놓치면 후회하게 될까 봐 두려웠다.
이렇게 겁쟁이인 나를 억지로라도 그로부터 끊어 내줄 누군
가가 필요했다.

"내가 왜? 나중에 유빈이 다시 보고 싶어지면 울고불고하
며 내 탓이라고 원망하려고? 선택은 네가 해야지. 내가 소개
팅시켜 줄 테니까 다른 사람도 만나 봐. 그러면 너도 어느
정도 객관적인 판단이 서지 않겠니?"

채령은 현실적이다. 그리고 이제까지 자신의 현실적인 선
택에 한 번도 후회를 해본 적이 없다. 그런 채령이 하는 말
이라면 어쩌면 그게 정답일 것이다.

"그래……. 하지만 나중에. 지금은 몸도 마음도 너무 피곤
해."

그러나 나는 언제나 했던 방식대로 결정을 미룬다. 채령
은 그런 나를 잠시 물끄러미 바라보더니 고개를 끄덕이고는
예의 밝은 목소리로 물었다.

"그건 그렇고…… 밥은 먹었니? 학교 앞에 괜찮은 파스타
집 생겼는데 내가 쏠게."

채령은 자신과 다르게 답답한 나와 친구로서 공존하는 방식을 잘 안다. 그게 그녀가 주변머리 없는 나와 유일하게 소통하는 친구로 남은 이유이기도 했다.

회사에 다시 들어와 보니 책상에 메모가 남겨져 있었다.

'KM 장미경 전무, 연락 요망.'

전화를 걸었더니 장미경 전무가 직접 받았다.

"사보가 나왔다고 들었습니다."

또렷한 발음에 호감 가는 중저음의 목소리다.

"실은 제 글이 실린 사보가 필요한 일이 있어요. 사업상 만날 분에게 드릴 생각입니다. 정확히 언제 받아 볼 수 있는지 알려 주시겠어요?"

직접 전화를 한 걸 보니 어지간히 필요한 일인가 보다. 아마 그 '사업상 만날 분'에게 어필해 설득해야 할 일이 있는 거겠지. 사보라는 게 초등학교 학급 신문 같은 거라고 생각하기 쉽지만 아직 인쇄 매체의 위력은 유효하다. 자신을 '책에 실린' 사람으로 만들어 주는 것이라면 그것이 일개 기업의 사보일지라도 자신을 소개하는 나쁘지 않은 수단이 될 수 있는 것이다. 첫 만남에서 이물감 없는 화젯거리가 되어 줄 수도 있다.

"자동 발송이 되도록 해놓았으니 늦어도 내일까지는 들어갈 겁니다. 걱정하지 마세요."

"그러면 됐네요. 책 만드느라 수고하셨고요, 앞으로도 제 글 잘 부탁합니다."

"무슨 말씀을요. 오히려 제가 부탁드려야지요. 앞으로도 좋은 글 부탁드립니다."

장미경 전무는 사람 좋은 웃음소리를 들려주고는 통화를 끝냈다.

그 별것 아닌 잠깐의 통화가 내 인생을 송두리째 바꿀 계기가 되리라는 것을 그때는 꿈에도 몰랐었다.

내 자취방으로 들어가는 골목 초입. 그 어둡고 좁은 골목에 서있는 남자가 유빈이라는 걸 알아본 건 바로 코앞까지 다가가서였다. 나는 종일 그 때문에 속이 뒤숭숭했던 것도 잊은 채, 온 마음으로 그의 출현을 반가워하고 있었다. 어스름한 가로등 불빛에 익숙한 그의 얼굴이 비스듬한 그림자를 드리웠다. 대학 신입생 시절, 처음 본 순간 나를 짝사랑에 빠지게 했던 선이 고운 옆모습.

"언제부터 여기서 기다렸어? 전화하지!"

나는 낮에 왜 그렇게 통화가 안 됐었냐고 따지는 대신 걱정부터 앞세웠다. 유빈은 그런 나를 내려다보며 소년 같은 웃음을 지어 보였다. 처음 보고 몇 년이 지난 어느 날, 그가 나를 향해서만 그런 웃음을 웃겠다고 말했을 때 세상을 얻은 것 같았다.

"그냥 보고 싶어서. 네가 언제 오더라도 꼭 보고 갈 거니까…… 그냥 기다렸어."

나는 갑자기 미안한 마음이 되었다. 자책감에 오늘 종일 그에게 가졌던 회의와 의심을 기억에서 지우고 싶었다.

"낮에 잠깐 볼 수 있었는데 네가 전화를 안 받더라."

"좀 정신이 없었어. 그게……."

그는 어두운 얼굴이 되며 말끝을 흐렸다.

"왜? 무슨 일 있었어?"

"이번 시즌 물건 살 때 돈을 빌려 준 형이 있거든. 그 형이 어제 갑자기 그 돈을 돌려 달라고 연락을 해왔어. 어머니가 쓰러지셔서 급하게 돈이 필요하다나 봐. 여기저기 뛰어다녀서 어느 정도 돈을 구했는데 많이 모자라. 그래서 나머지는 재고 물건을 인터넷 오픈 마켓에 싸게 내놓아서 해결하려고

해. 어제는 부랴부랴 상품 소개 올리고 사진 작업 하고 고객
들 질문에 답변 올리고……. 정말 몸이 두 개였음 좋겠더
라."

"그런 일 있었으면 나한테 말하지."

"말하면 뭐 해? 괜히 걱정만 시키지."

"내가 뭐 도와줄 일 없을까?"

"힘내서 일하라고 꼭 좀 안아 주라."

나는 그의 허리에 팔을 두르고 가슴에 머리를 기댔다. 따
뜻한 온기와 함께 심장 뛰는 소리가 들린다. 폭풍우 치는 밤
안온한 둥지에 자리를 틀고 앉은 새가 된 듯한 이런 느낌
때문에 나는 영원히 그에게서 벗어나지 못할 거라고 생각했
다. 유빈 외에 다른 여지를 남겨 두라는 채령의 방식이 나쁘
지 않다는 건 나도 잘 안다. 하지만 어느 면에서는 채령이
틀렸다. 남자와 여자 사이에는 둘만 알 수 있는 무언가가 있
는 것이다.

다음 날부터 나는 유빈의 유령 고객이 되느라 정신없이
바빴다. 온라인 마켓의 고객들은 보통 구매 횟수가 0인 상
품을 사는 데 주저하게 되어 있다. 누군가 한 사람이라도 물

건을 사고 좋은 평가를 써주면 그때부터 눈에 띄게 판매량이 늘기 시작한다. 하루빨리 재고를 처리해 현금을 손에 넣어야 하는 유빈에게 내가 해줄 수 있는 일이라고는 이것밖에 없었다. 유빈의 쇼핑몰에서 내놓은 수십 가지 물건들을 다른 사람들에게 빌린 여러 아이디로 결제하고 믿을 만하게 보이는 상품평을 일일이 달아 주다 보면 시간이 누가 훔친 듯 없어지기 일쑤였다. 얼마 후, 노력한 보람이 있었는지 조금씩 물건들이 팔리기 시작했다. 이제 탄력을 받으면 올려놓은 물건들은 불티나게 팔릴 것이다. 안목 있는 유빈이 들인 물건들은 내가 봐도 품질이 꽤 좋으니까.

"너지?"

사흘째 되던 날, 유빈이 전화를 해 느닷없이 물었다. 무슨 말을 하는지 알기에 나는 멋쩍은 웃음으로 대답을 대신했다. 그가 고맙다고 말해 오면 뭐라고 대답할까 생각하고 있는데 그가 하는 다음 말의 느낌이 예사롭지 않았다.

"왜 그랬어? 장난하는 것도 아니고."

그가 왜 그러는지, 내가 어떻게 말해야 하는지 알 수가 없었다.

"나는 너한테 도움이 되라고……. 한 사람이라도 사야 사람들이 관심을 가지고…….”

“그러니까 네가 바람잡이를 한 거라고?”

“그렇다고 할 수 있지……. 난 너를 생각해서…….”

유빈의 차가운 목소리에 놀란 나는 나도 모르게 방어적이
되어 제대로 뜻을 담은 말을 하지 못하고 있었다.

“이제야 물건이 좀 팔리기 시작하는구나 하고 신나게 포
장을 하다가 주소를 보고 너라는 걸 알았을 때 내 심정이
어땠는지 알아? 아주 맥이 탁 풀리더라. 왜 물어보지도 않고
이런 짓을 하는 거야?”

유빈의 말을 듣고 보니 내가 잘못한 것도 같았다. 그를 위
한 일이었다고 해도 먼저 물어봤어야 했다. 아무 대답도 못
하는 내게 유빈은 하지 말았어야 할 한마디를 더 보태고 탁
전화를 끊어 버렸다.

“너란 애는…… 정말 짜증 나.”

코끼리 잡는 마취총이라도 맞은 것처럼 나는 끊어진 전화
기를 손에 든 채 꼼짝할 수가 없었다. 아르바이트하다 실수
를 해서 고약한 사장한테 ‘미친년’이란 막욕을 들었을 때도
이렇게까지 치욕스럽지는 않았다. 마치 카프카의 소설에서
처럼 나 자신이 벌레가 된 것 같았다. 사무실에서 주책없이

눈물을 흘리게 될 것만 같아 허벅지를 손톱으로 꼬집었다. 나는 왜 늘 이 모양인지, 왜 늘 다른 사람들과 나 자신을 짜증 나게 하는지 알 수가 없었다. 그저 내가 지독히도 운이 없다는 생각밖에는 안 들었다.

사무실 공기가 갑자기 숨이 막힐 듯 답답해져 휴게실이라도 가려던 참에, 막 전화 통화를 끝낸 실장이 나를 불러 세웠다.

"고미경 씨, 잠깐 나 좀 봐요."

평소에도 미간을 늘 찡그리고 있는 실장이지만, 지금 실장의 표정은 아무래도 심상치 않다. 뭔가 일이 터진 것이다. 임원진이 맘에 들어 하지 않는 기사가 있었나? 또 누구 이름에 오타가 있나? 실장의 자리로 가는 몇 초 동안 별의별 생각이 다 떠올랐다.

"이번 호부터 연재하는 KM 장미경 전무 알지요?"

장미경 전무? 그 건은 취재가 아닌 본인 투고라서 말썽 날 소지가 없다. 그런데 왜?

"장미경 전무가 사보를 제날짜에 받아야 한다고 직접 전화해 확인까지 했다면서요? 그런데 도착할 거라고 한 전날까지 도착하지 않아서 여러 번 전화했는데도 제대로 확인해 주지 않는 바람에 끝내 필요한 날 사보를 못 받아 봤다고 하더군요. 더군다나 오늘 전화를 했는데도 계속 통화가 안 된다고 하는군요. 지금 장 전무가 머리끝까지 화가 나서 아주 난리가 났어요."

"그건 제 잘못이 아닙니다. 자동 발송을 걸어 놓았는데 전산 프로그램에 오류가 생기는 바람에……."

"변명은 듣고 싶지 않습니다. 지금 우리 회사가 어떤 입장인지 잊었어요? 한국에서 의류 업체가 얼마만큼 백화점에 의존하고 있는지 알지요? 회사가 사활을 걸고 론칭하는 브랜드를 띄워 보려고 다들 안간힘을 쓰는 이 시점에 KM 임원을 그렇게 꼭지가 돌게 하면 대체 어쩌자는 거예요? 지금 당장 달려가서 어떻게든 장 전무 마음을 풀어 줘요. 만약 이번 일이 잘못되면 모든 책임을 고미경 씨한테 물을 테니 그렇게 아세요."

말도 안 된다. 그깟 사보 보내는 것 좀 늦어졌다고 백화점 입점 실패를 전부 내 책임으로 돌리다니! 요 며칠 유빈의 인터넷 쇼핑몰에 매달려 있느라 회사 일에 집중하지 못한 건 사실이었다. 하지만 나는 내가 할 수 있는 일은 다 했다. 사보가 제때 도착하지 않은 건 배본처의 착오 때문이고, 사보를 못 받았다는 전화를 받고 나서 바로 내 손으로 직접 발송을 했다. 뭘 더 어쩌란 말인가?

어쨌든 나는 핸드백과 사보를 챙겨 들고 부랴부랴 택시를 잡아탔다. 택시 기사에게 '빨리 가주세요.' 하고 말하면서도 나는 택시가 조금이라도 늦게 도착하기를, 아니, 가다가 사고라도 나서 아주 도착 못하기를 간절히 바랐다. 그러나 기사 아저씨는 요리조리 곡예 운전을 하면서도 복잡한 길을 무사히 가고 있었다. 사단이 난 건 택시가 아니라 내 몸이었다. 강남에 있는 KM 유통 본사가 가까워지자 느닷없이 복통이 느껴지기 시작한 것이다. 누군가 내 위장을 잡고 빨래 짜듯 비트는 것 같았다. 아픈 배를 손으로 움켜쥐고 끙끙대면서도 나는 하도 어이없어 웃음이 다 나왔다. 마치 내가 시트콤의 멍청한 주인공이 된 것 같았다. 무심코 걷다가 곡괭이를 잘못 밟아 얼굴을 강타당하고, 너무 아파 물러서다 짐꾼이 나르는 목재 기둥에 얻어맞고는 다시 옆에 있던 구정물 통에 머리를 박고 뾰로롱 정신을 잃는 슬랩스틱 코미디.

택시에서 내려 약국에서 소화제를 급하게 사 먹은 후, 심호흡을 하고 전무실로 올라갔다.

'아예 만나 주지도 않겠다고 하고 문 앞에서 내쫓으면 어

쩌지? 우리 사장한테 나같이 무능한 직원은 잘라야 한다고 말하는 거 아냐?'

내 손으로 돈을 벌기 시작한 이후 하기 싫은 일을 해야 하는 상황을 여러 번 겪었지만, 이번만큼은 진심으로 피하고 싶었다. 단언컨대, 누군가 이 상황을 피하게만 해주면 내 오른쪽 팔 이용권이라도 팔았을 것이다. 나중에 후회하게 될 걸 뻔히 알면서도 말이다. 난 눈앞의 두려움에 쉽게 굴복하는 타입이다.

"전무님, 세진 어패럴 홍보실 고미경 씨 오셨습니다."

비서실을 통해 장미경 전무의 방에 들어갔을 때, 어쩌면 나는 다리를 후들후들 떨었을지도 모르겠다. 40대 후반이라고 알고 있는 나이보다 훨씬 젊어 보이는 장 전무는 서류를 들여다보다가 내가 들어서자 의자에서 일어섰다. 그녀는 나를 보자 눈을 가늘게 뜨고 한참을 노려보았다. 그 위협적인 표정에 기가 눌려 찔끔 눈물이 났다. 그 반 방울쯤의 눈물이 꼭 틀어쥐고 있던 내 감정이 질질 새기 시작했다는 신호였을까. 갑자기 내가 어떻게 해볼 수도 없이 마구 눈물이 흐르기 시작했다. 일터에서 있을 수 없는 일이 벌어진 것이었다. 내 눈물에 내가 놀라 눈물이 더 났다.

"죄송합니다, 전무님. 제가 잘못했습니다."

장 전무도 온몸을 잘게 떨며 눈물을 줄줄 떨어뜨리는 나를 보자 적잖이 당황한 듯했다.

"고미경 씨, 진정하시고 여기 앉아요."

장 전무가 안내한 대로 소파에 앉아서, 나는 될 대로 되라는 심정으로 꺼이꺼이 울기 시작했다.

'이제 나는 어떻게 되는 걸까. 회사에서 사직을 권고하겠지. 퇴직금 몇 푼 받는 걸 어떻게 써야 하나. 유빈처럼 인터넷 쇼핑몰을 차릴까. 유빈한테 노하우를 전수받으면 잘할 수도 있겠지. 가방에 대해 잘 아니까 가방 전문 쇼핑몰이나 해볼까……'

사표를 내겠다고 생각하니 오히려 생각만큼 최악은 아닐 것 같아 마음이 가벼워졌다.

눈물이 조금 잦아들자 장 전무가 미소 띤 얼굴로 물었다.

"이제 좀 나아졌나요? 내가 고미경 씨한테 뭘 어쨌다고 그렇게 초상 치른 것처럼 울어요?"

쥐구멍이라도 들어가고 싶다는 상투적인 표현을 사람들이 왜 쓰나 했더니 아마 이런 기분 때문인가 보다. 나는 아예 두더지가 되어 땅속으로 사라지고 싶었다.

"죄송합니다, 전무님."

"우리 어디서 만난 적 있지 않나요? 사실 처음 들어섰을 때 어디선가 본 얼굴 같아서……."

어처구니가 없었다. 장 전무는 처음 봤을 때 나를 노려본 게 아니라 기억을 떠올리려고 빤히 쳐다본 것일 뿐이었다. 시트콤이 계속되고 있다.

"혹시…… 몇 년 전 로마행 비행기 타지 않았었나요?"

"예. 그렇습니다만……."

순간, 내 기억은 5년 전 로마행 비행기 안으로 빨려들 듯 거슬러 올라가고 있었다.

고등학교 때부터 프라다와 구찌, 페라가모의 나라 이탈리아에 대해 환상을 품었던 나는, 대학생으로서 첫 방학을 맞자마자 적금을 털어 배낭여행을 준비했다. 혼자 하는 여행은 꿈도 꿀 수 없는 성격이건만, 막판에 함께 여행을 준비하던 친구가 부모님의 격렬한 반대로 발이 묶이는 바람에 할 수 없이 혼자 비행기에 올랐었다.

그래, 아마도 옆 자리의 중년 여성이 조용히 책을 읽고 있었지. 잘못해서 책을 내 발 아래 떨어뜨려 주우면서 '미안합니다.'라고 말했었다. 평범한 아줌마로 보이던 그녀가 달라 보인 건 그때부터였다. 한국 아줌마들은 웬만큼 결례를 하지 않고는 결코 미안하다는 말을 하지 않는다. 그러고 보니 그녀는 으레 가족이나 여행사 일행을 동반하기 마련인 아줌마들과 달리 혼자 여행을 하고 있었고, 면세품 카탈로그 대신 역사 소설을 읽고 있었다. 눈가에 피로가 가득한데도 어딘가 기품 있어 보이는 그녀에게 말을 걸고 싶은 생각도 들었지만 그럴 수가 없었다. 그때의 나는 지금보다도 더 주변머리가 없었으니까.

한동안 조용히 책에 열중하는 것 같던 그녀가 책을 덮고 승무원을 불렀다.

"Do you have digestive medicine?"

그러고 보니 얼굴이 몹시 창백해 보였다. 승무원이 소화제를 가지러 간 사이, 여러 번 망설인 끝에 나는 그녀에게 말을 건넸다.

"저희 엄마가 비상약으로 매실청을 챙겨 주셨는데요. 소화제보다 이게 더 잘 들어요. 속도 쓰리지 않고요. 좀 드셔 보시겠어요?"

그녀는 엷은 미소와 함께 고맙다며 매실청을 받아 마셨

다. 내 촌스러운 응급약이 정말 효과가 있었는지 한 시간 정도 잠을 잔 후에 개운한 얼굴로 일어난 그녀는 여행에 대해 이런저런 이야기를 해주었다. 스스로를 여행광이라고 부르던 그녀는 20년 동안 지구의 반은 여행했다고 했다. 그리고 난생처음 하는 여행에 기대와 두려움을 품고 있던 내게 따뜻한 눈빛으로 이렇게 말해 주었다.

"욕심을 부리지 마세요. 중요한 건 어디에 가느냐가 아니라 거기서 내가 뭘 느꼈는가 하는 거예요."

난 그 말을 잊지 않았다.

그녀가 지금 내 앞에 앉아 있었다. 5년 전보다 오히려 더 젊고 아름다운 모습으로. 장미경 전무 역시 과거의 시간 속에서 나를 찾고 있었던 모양인지 아련한 목소리로 말했다.

"많이 달라져서 몰라볼 뻔했어요. 그땐 마냥 아기 같은 어린 처녀였는데."

몇 년 새 스스로가 폭삭 늙어 버린 것 같다고 생각했는데 정말 그런가 보다. 우리는 한쪽은 생각보다 너무 젊어서, 다른 한쪽은 너무 늙어 버려서 서로를 못 알아본 셈이었다.

"제가 실수가 많았습니다. 사보를 제때 못 보내 드린 일은 정말 죄송합니다. 개인적으로 안 좋은 일들까지 겹쳐서…… . 배본처 실수만 아니었어도 이렇게 불편을 끼치지는 않았을 텐데…… ."

"아니에요. 사실, 원고 투고를 했을 뿐인 나한테 사보를 꼭 제날짜에 보내 줄 절대적인 책임이 미경 씨한테 있는 것은 아니니까요. 그래서 내가 특별히 부탁을 한 것이기도 했고요. 날 화나게 한 건 단순히 사보를 제날짜에 못 받았기 때문이 아니라, 미경 씨의 무성의한 태도 때문이었어요."

"휴…… 죄송합니다. 전 정말 뭐가 어디서부터 잘못된 건지 모르겠어요. 도대체 요즘의 저는 어디서부터 손대야 할지 모를 정도로 엉망이에요."

태어나서 용기 있는 시도라고는 혼자 이탈리아 여행을 한 게 전부였다. 그런 내가 어디서 용기가 났는지 장미경 전무에게 이런 부탁을 하고 있었다.

"전무님은 성공한 분이시니까 아실 수도 있지 않을까요? 전 제가 처한 환경보다도 제 자신이 더 싫어요. 제가 어떻게 하면 지금보다 나아질 수 있는지…… 좀 가르쳐 주세요."

장 전무는 난감한 표정을 지은 채 잠시 말이 없었다. 그러더니 무언가 결심한 듯 입을 열었다.

"5년 전, 그 로마행 비행기를 탔을 때 난 정말 엉망이었어요. 이전에 있던 회사에서 임원 승진을 앞두고 느닷없이 퇴출을 당했거든요. 경영진 사이에서의 헤게모니 다툼 때문이었는데, 회사와 사람들에 대한 배신감이 이루 말할 수 없을 정도였지요. 남편과 아이들을 두고 혼자 비행기에 오른 것도 나 자신의 회복을 위한 한 방법이었고요. 그런 때에 미경 씨는 남에게 말 한마디 잘 못 붙이는 소심한 성격이 빤히 보이는데도 얼굴까지 빨개져 가며 나한테 약을 권했어요. 그랬죠?"

그 말을 듣고 나는 얼굴이 달아오르는 것을 느꼈다. 그런 나를 웃으며 바라보던 장 전무는 엉뚱한 질문을 해왔다.

"종일 우중충하게 비가 내리다 개인 늦은 오후에 산책해 본 적 있어요?"

그런 적이 있던가 잠시 생각하는 동안 장 전무가 말을 이었다.

"구름 사이로 비치는 투명한 햇빛에 촉촉하고 신선한 공기, 비에 씻겨 선명한 거리 풍경……. 잠깐이지만 비 때문에 망친 하루가 아깝지 않을 만큼 상쾌한 기분이 되지요. 미경 씨가 만신창이가 되어 있던 내게 작은 호의를 베풀었을 때,

내 기분이 그랬어요."

어쩐지 코끝이 시큰해져 왔다.

"전무님…… 저는 그냥……."

나는 그녀의 말에 답할 수 있는 합당한 말을 고르지 못하고 있었다.

"그때의 나는 대인기피증을 겪고 있었어요. 미경 씨의 때 묻지 않은 태도에서 사람이라는 존재에 대해 희미한 가능성을 발견했고, 내 병을 극복할 실마리를 찾았어요. 미경 씨 나이의 젊은이들에게는 본인들이 느끼지 못하는 어떤 에너지가 있어요. 그들은 마치 후광을 입은 것처럼 주위를 밝히며 생기를 불어넣지만, 정작 본인들은 그 힘을 사용하는 방법을 몰라 방황하고 고통을 겪어요. 그때 나는 그 에너지를 거저 나누어 받은 거예요. 미경 씨는 나한테 소화제만 준 게 아니었던 거죠. 덕분에 힘을 내서 너절했던 과거를 뚝 끊어 내고 새로운 기분으로 여행을 시작할 수 있었어요. 그래서 지금의 장미경이 있는 거예요."

문득 언젠가 책에서 읽은 적이 있는 '나비 효과'라는 말이 떠올랐다. 나비의 날갯짓이 지구의 반대편에서 태풍을 일으킨다……. 정말 철없던 나의 사소한 친절이 장미경 전무의 여행, 나아가 삶을 바꾸어 놓은 것일까?

"이제 내가 보답을 하고 싶어요."

그 말에 가슴이 마구 두방망이질 쳤다. 그녀가 말하는 보답이란 게 뭘까? 우리 사장한테 나를 기획실 같은 핵심 부서로 이관하라고 권하는 것? 아님, KM으로 스카우트? 이도 저도 아니면 KM 계열 백화점 상품권이라도?

"앞으로 6개월 동안 미경 씨한테 '잘 떠나는 법'을 가르쳐 줄게요. 사실 인생의 비밀은 얼마나 잘 떠날 줄 아는가에 달려 있지요. 받아들이기에 따라서 미경 씨 삶의 모습이 완전히 바뀔 수도 있고, 그렇지 않을 수도 있어요. 나는 미경 씨가 내 충고를 자기 것으로 받아들일 수 있는 그릇이 된다고 믿고 싶어요.

원래는 내가 '여행과 인생에서 성공하는 사람의 일곱 가지 공통점'에 대한 글을 연재하기로 했었지요? 그걸 필자의 투고가 아닌 기획 취재로 돌리세요. 그리고 한 달에 한 번 내 사무실에 와서 이야기를 들은 다음, 이해한 것을 직접 기사로 써보는 거예요."

솔직히 장 전무의 보답이라는 것이 스카우트 제의도, 백화점 상품권도 아니라서 적이 실망하긴 했다. 속사정이야 어떻건 간에 나에게는 일거리만 더 늘어난 셈이 되었으니 말이다. 이때만 해도 나는 재벌 일가의 피붙이도 아닌 여성으로서 거대 기업의 차기 경영자로 주목받는 그녀, 장미경 전무와 인연을 맺은 것 자체가 좋은 기회라고 자신을 애써 위로할 뿐이었다.

"당장 시작합시다. 마침 내일 오후에 한 시간이 비네요."

내가 무리하게 시간을 빼앗았는지 장 전무는 말 떨어지기가 무섭게 서둘러 회의 자료를 챙겨 사무실을 나섰다.

"나 먼저 나갈 테니 화장 고치고 천천히 가요. 울어서 얼굴이 엉망이네요."

그러고 보니 그렇게 눈물을 흘렸으면 눈 화장이 번져 판다나 너구리 저리 가라 할 정도로 너저분한 모양이 되었음이 분명하다. 화들짝 콤팩트를 꺼내 거울을 보는데 문이 다시 열렸다. 장 전무였다.

"참, 내가 이 말 했던가요?"

한순간도 흐트러짐 없었던 장 전무의 얼굴에 살짝 장난기가 떠올랐다.

"이름이 참 예뻐요."

한 번도 예쁘다고 생각한 적 없었던, 나 자신처럼 뛰어나

달 것도 천하달 것도 없이 그저 그런 이름이라고만 생각했던 이름, 미경. 그러고 보니 우리는 동명이인이었다. 똑같은 음절을 가진 이름인데도 그녀를 가리키는 미경과 나를 가리키는 미경의 느낌이 너무 달라 같은 이름이라는 생각을 하지 못했었다.

이젠 이름을 잘못 지어 이렇게 흐리멍덩한 애가 되었다는 부모님 원망도 할 수 없게 되었다.

다음 날, 장 전무는 사무실 대신 회사 앞 커피숍으로 약속을 바꾸었다.

"오랜만에 사무실을 벗어나고 싶어서요. 괜찮죠?"

나는 첫 만남을 숨 막히는 중역실에서 갖지 않으려는 장 전무의 배려를 느낄 수 있었다. 그건 내가 그녀를 고객사의 VIP가 아닌, 먼저 무언가를 깨달았을 뿐인 한 사람으로 생각하기 바란다는 뜻이기도 했다. 나무랄 데 없는 인테리어에 커피 맛도 향기로운 곳이어서 나는 정말로 기분이 좋아졌다. 하지만 그런 안락함도 잠깐, 대여섯 명의 30대 아줌마들이 몰려들면서 일순간에 커피 집의 분위기를 점령해 버렸다. 회사 뒤쪽으로 즐비하게 늘어서 있는, 비싼 아파트에 사는 젊은 주부들일 것이다.

"아무래도 마음에 안 들어. 반장 엄마한테 회비 걷은 거 투명하게 하라고 말해야 하지 않아요?"

"내 말이 그 말이야. 그리고 그 돈 가지고 선생님 도시락은 또 그게 뭐야?"

그녀들은 열을 올리며 반장 엄마의 비리를 성토하고 있었다. 그녀들의 주 대화는 초등학교의 어떤 행사 때 선생님에게 대접할 음식의 종류와 회비를 얼마씩 추렴할까, 어떤 엄마를 강제 노역에 동원할까 하는 것 등이었다. 곧이어 아이들 영어 교육 정보가 이어졌다.

그녀들의 대화는 듣고 싶지 않아도 저절로 들려왔다. 우리의 대화가 방해를 받아 슬슬 짜증이 밀려올 무렵, 장 전무는 이야기를 잠시 접고 미소 띤 얼굴로 그 대화에 귀를 기울였다.

"나, 미경 씨가 지금 어떤 생각하는지 알아요. 저 주부들이 한심해 보이죠? 그리고 나는 저렇게 되고 싶지 않다고 생각하죠?"

그녀가 맞았다. 좋은 옷에 명품 백까지 끼고 나와 기껏 초등학생 대소사 뒷바라지에 핏대를 올리고 있는 여자들. 삶의 폭이 꼭 치맛바람 일으키는 치마폭만큼일 뿐인 협소하고 비생산적인 삶. 그게 내가 그녀들을 보는 시선이었다.

"믿기지 않을지 모르겠지만 저들 대부분은 몇 년 전만 해도 내로라하는 기업의 커리어우먼이었을 거예요. 저 중 몇 명은 외국어에 능통하거나 유학파 출신이기 쉬워요. 이 동네 주부들, 누구 하나 만만한 사람이 없지요."

말도 안 돼. 열정적으로 일하고 해외여행이나 수상 스키로 여가를 즐기는 '화려한 싱글'이 어떻게 하루아침에 초등학교 선생 도시락에 목을 매는 아줌마로 영락할 수 있단 말인가.

"미경 씨처럼 젊은 여성들이 생각하는 것만큼 성공한 여자들의 삶이 화려한 건 아니에요. 더구나 결혼한 여자라면 더하죠. 나만 해도 피눈물을 흘려 가며 이 자리를 지켰어요. 그런 내 삶이 저들보다 결코 우아했다고는 생각하지 않아요. 일을 그만두고 아이들만 키우고 싶다는 충동을 수없이 느꼈고, 지금도 가끔은 그래요. 머지않은 미래에 미경 씨에게도 나와 같은 삶인가, 아니면 저들과 같은 삶인가를 선택해야 하는 순간이 와요. 그때에 상황에 떠밀리지 않고 정말 원하는 삶을 선택하기 위해서는 지금부터 준비를 해야 해요."

난 한동안 내 적성에 대해 생각하지 않고 살았었다. 하루하루 살아남기 바쁜 일상이었으니까. 그런데 이 순간, 내가 테이블 건너 그녀들처럼 살 수 없는 사람이라는 것만큼은 확실히 깨달았다.

"어떤 준비를 말씀하시는 거죠?"

어쩐지 다급한 마음이 된 나는, 필요 이상으로 절박한 목소리로 장 전무를 재촉하고 있었다.

"떠날 준비!"

문득 장 전무가 주었던 원고의 제목이 머리를 스쳤다.

'언제나 떠날 준비를 할 것'

"하지만 전무님, 저는 전무님께서 그렇게나 강조하는 떠난다는 말의 의미를 아직 잘 모르겠어요. 여행이나 유학을 말씀하시는 건가요?"

"물론 그것도 포함되지요. 내가 말하는 '떠남'이란 말에 특별한 은유는 없어요. 말 그대로예요. 이직이나 전직, 유학, 여행, 이별, 그 모든 것을 뜻해요.

동화 『피터팬』에 보면 사람들이 영원히 나이를 먹지 않고 아무것도 변하지 않는 상상의 섬 네버랜드가 일종의 이상향으로 묘사되지요? 그런데 영원히 네버랜드를 떠나지 못하는 피터팬이 정말 행복했을까요? 내 생각엔 지옥이 따로 없었을 거예요. 사람은 결코 같은 자리에만 머물러서 행복할 수 있는 존재가 아니거든요.

사실 사람들에게는 누구나 자신에게 익숙한 것을 떠나고 싶어 하지 않는 마음이 있어요. 그래서 누구나 자신이 좋아하는 것을 떠나지 않을 수 있는 게 행복이라고 생각하지요. 하지만 진실은 그렇지 않아요. 50년 인생을 통틀어서 나는 지금이 가장 행복하다고 생각하는데, 그건 내가 잘 떠나는 기술에 능숙해졌기 때문이죠."

"그렇다면 '변화'와 같은 뜻일 수도 있겠군요."

"비슷하지만 내가 생각하는 '떠남'은 본질보다는 태도와 결단에 초점을 맞춘 거예요. 나라는 본질을 변화시키기보다는 나를 둘러싼 안 좋은 것들로부터 떠나 삶의 변화를 이끌어 내는 거예요. 이를테면 좀 더 나은 내가 되기 위해서 이전의 것을 과감히 버리는 것이죠.

예를 들어 내가 KM 유통 전무 자리가 좋아서 이 자리에만 집착한다면 언젠가 나는 임기가 끝나고 실업자가 될 거예요. 하지만 나는 조금씩 전무 자리에서 떠날 준비를 하고 있어요. 이 자리에서 떠나 사장이 될 준비를 하는 거죠."

"이건 제 생각이지만 늘 떠날 준비를 하는 건 피곤하지 않을까요? 전무님 같은 경우, 전무 자리에 만족하시면 자리에 계시는 동안은 행복하실 거 아니에요. 어쩌면 사장 승진에 실패하실 수도 있는데, 전무 자리에 있는 동안의 행복을 떠날 준비로 낭비하게 되는 것일 수도 있지 않나요?"

장 전무는 내 반응이 이미 예상했던 것이라는 듯 미소와 함께 대답했다.

"대부분의 사람들이 그렇게 생각하지만 실은 그 반대예요. 늘 조금씩 떠날 준비를 하는 데 익숙해 있는 사람은 안주하는 사람보다 몇 배나 행복해요. 떠날 준비가 오히려 지금 머물러 있는 곳에 대해 감사하는 마음을 주고, 현재를 더 즐길 수 있게 해주니까요. 여행이 왜 즐거운 줄 알아요? 여행자가 그곳이 머지않아 떠날 곳이라는 사실을 잘 알기 때문이에요. 미경 씨는 전에 갔던 로마에서 평생 살라고 한다면 마냥 행복할 것 같은가요?"

장 전무의 질문에 로마의 고색창연한 거리를 떠올려 보았다. 확실히 그곳은 낭만적이고 아름다웠으며 머물러 있는 동안 즐거웠다. 그러나 오래된 건물이 즐비한 골목에서는 냄새가 났고 냉방기가 별로 없는 식당과 숙소는 찜통이었다. 상인들은 무뚝뚝하기 짝이 없고 지하철에는 도둑이 들끓었다. 이런 곳에서 영원히 산다? 난 고개를 절레절레 흔들었다.

"그거 봐요. 그래서 삶을 여행하듯 살면 지금 있는 자리에 감사하고 즐길 수 있게 되죠. 지금 이 시간들을 즐기기 때문에, 내가 만약 승진에 실패하게 된다고 해도 후회는 없을 거예요. 게다가 차근차근 떠날 준비를 해온 나는 이미 다른 사람이 되어 있을 텐데요. 그런 나 자신의 모습이 스스로도 자랑스러워질 테고, 또 현실적 상황을 봐도 CEO로서 준비가 되어 있는 내가 영입될 가능성이 커지지요."

"그럼, 떠나기 위한 준비를 하기 위해 먼저 무얼 해야 할까요?"

"그건 미경 씨가 스스로 찾아내야지요. 먼저 내가 무엇으로부터 떠나야 할까를 생각해 보세요."

장 전무가 보기에 그 말을 들은 내 표정이 모래밭에서 잃어버린 실 핀을 찾는 어린애를 연상시켰음에 분명하다. 보다 못한 장 전무가 좀 더 힌트를 주었다.

"일에서 내가 본 고미경 씨에 대해 이야기해 볼게요. 미경

씨는 아직도 나를 화나게 한 잘못이 실은 배본처에 있고, 그
들의 실수 때문에 운 나쁘게 걸려들었다고 생각하지요?"

"사실…… 그렇습니다."

"하지만 일이라는 게 그렇지가 않아요. 성공하기 위해 가
장 중요한 덕목은 자기 손 안에 있는 일을 완벽하게 처리하
는 능력이 아니라 신뢰예요. 미경 씨는 미경 씨 책임 안에서
일어난 모든 일에 대해 내게 신뢰감을 줄 필요가 있었던 거
예요. 만약 피치 못할 사정으로 사보 발송이 늦어졌다고 해
도 내게 미리 전화를 해서 사정을 이야기하며 사과했다면
그 일은 아무것도 아닌 것으로 넘어갈 수 있었어요. 똑같은
불의의 사고가 일어났더라도 미경 씨가 대처하는 자세에 따
라 전혀 다른 결과가 나타날 수도 있었다는 거죠.

마찬가지로, 미경 씨 또래의 젊은 사람들이 '내가 어쩔 수
없는' 불가항력의 문제라고만 생각하는 것들의 상당 부분이
삶에 대한 자세를 조금 바꿈으로써 해결되는 경우가 많아
요. 미경 씨는 이제까지와 시각을 달리해서 자신의 삶을 가
만히 돌아보세요. 아마 운명의 영역이라고만 여겼던 부분이
떠남으로써 해결될 수 있다는 걸 깨닫게 될 거예요."

갈 길은 반드시
스스로 결정해라

도착하는 곳에 대한
애정과 **관심 없이는**
의미 있는
여행을 할 수 없다.
여행은 **떠날 자격이**
있는 자에게만
길을 보여 준다.

장미경 전무의 첫 레슨 이후, 나는 열병에 시달리듯 잠깐 앓았다. 그처럼 크고 견고해 보이는 자신감을 가진 그녀의 비결 — '떠남'이라는 것이 내 비루한 삶 역시 변화시켜 줄 것 같았지만, 나는 삼키지도 못할 불덩어리를 입에 문 것처럼 어찌할 바를 모르고 있었다. 좀 더 확실하게 가르쳐 달라고 조르는 내게 장 전무는 이렇게 말했다.

"내가 무언가를 가르쳐 준다고 해서 그게 미경 씨 삶에 구원이 되어 주지는 않을 거예요. 나는 화두를 던져 줄 뿐이죠. 너무 애쓰면서 스스로를 축내지 말고 다음 달에 만날 때까지 오늘 우리가 나눈 말들에 대해 생각을 쭉 품고 있어 보세요. 그러면 어느 순간 깨달음이 찾아와 줄 거예요."

하지만 나는 모든 일에 '용을 쓰는' 사람이다. 자꾸 뒤쳐지는 스스로를 채찍질하고 세상과 싸우지 않고서는 이 매정한 지구 위에서 살아남을 수 없을 것 같다. 장 전무의 당부에도 불구하고, 내가 나만의 떠남이 무엇인지 깨달을 때까지 또다시 스트레스를 받을 것은 불 보듯 뻔한 일이었다.

장 전무와 얽힌 사고 아닌 사고 덕분인지 후미진 내 책상에도 햇살이 비치기 시작했다. 사보 편집 업무에 신입 사원이 배정된 것이다!

"이서린이라고 합니다. 세진 어패럴의 핵심 부서인 홍보실에 오게 되어 영광입니다. 열심히 하겠습니다."

붙임성 있는 신입의 인사에 홍보실 직원들은 진심으로 박수를 치며 환영해 주었다. 6년 만에 처음 맞는 신입 사원이었다. 1년 전의 나처럼 어정쩡한 경력 사원이 아닌, 하기 싫은 일을 안심하고 시킬 수 있는 진정한 막내가 생긴 것이다. 이제 우체국에 가서 고객사에 브로슈어를 부치는 일도, 손님이 왔을 때 커피를 내가는 일도 당분간은 온전히 그녀의 몫이 될 것이다.

"이제 후배도 생기고 했으니까 고미경 씨도 사고 그만 치고 자리 좀 잡아야죠."

실장이다. 그는 당장에 등신불이 된다고 해도 저 입만은 지옥으로 떨어질 것이다.

신입 사원 명단에서 이름만 봤을 때의 내 환상과는 달리 이서린은 큰 키에 떡 벌어진 어깨를 가진 활기찬 처녀였다. 내가 바라만 볼 뿐 감히 사들이지는 못한 유행 디자인의 옷을 대담하게 소화한 외양부터가 만만치 않아 보였다. 그날 환영회를 겸한 회식에서도 춤이면 춤, 노래면 노래, 어찌나 화끈하게 잘 놀던지 불과 한 살 차이밖에 안 나는 내가 세대차를 느낄 정도였다. 그녀가 소주병에 수저를 꽂아 신들린 듯 흔들며 「남행열차」를 부를 때, 나는 이제 이서린이라는 이름이 내 머릿속에서 현미나 김추자의 이미지로 각인되리라는 걸 예감했다.

2차까지 마친 뒤 집 방향이 같은 그녀와 나는 같이 택시를 타게 되었다.

"선배님은 굉장히 차분한 성격이신 것 같아요. 제가 좀 괄괄해서 그런지 선배님처럼 여성스러운 사람을 보면 부럽더라고요."

"여성스럽기는…… 그냥 숙맥인 거지. 부러운 건 서린 씨예요. 사회생활도 처음인 사람이 어쩜 그렇게 적응을 잘해요?"

"사실, 저 사회생활 처음은 아니에요. 요전에 패션 잡지
기자로 잠깐 일했었어요."

어쩐지 여러모로 예사롭지 않다 싶었다.

"일이 적성에 안 맞았나 봐요?"

"학교 다닐 때부터 하고 싶었던 일이어서 공채를 준비해
붙었지만 막상 일을 해보니까 이건 아니다 싶은 거예요."

"그렇군요……. 얼마나 있었는데요?"

"두 달요."

아무렇지도 않은 그녀의 대답에 나는 잠시 멍해졌다. 나
는 1년 넘게 이 회사에서 일하고 있는데도 여기가 나한테
맞는지 안 맞는지 잘 모르겠다. 그래서 벌써 한 달 전에 써
놓은 사표를 서랍 안에서 썩히고 있는 것이다. 그만두고 나
서 '거기가 그래도 개중 나한테 잘 맞는 곳이었는데.' 하고
후회하게 될까 봐 말이다. 그런데 그녀가 최소한 수십 대 일
의 경쟁은 뚫고 얻었을 일자리에 대해 '아니다'라는 확신을
고작 두 달 만에 얻었다는 게 이해가 되지 않았다.

"두 달 만에 포기한다는 게 두렵지 않았어요?"

내 말의 숨은 의미까지 단박에 알아차린 그녀는 마치 준

비된 것처럼 시원스럽게 대답을 했다.

"지금은 여러 곳을 탐색해서 진짜 가야 할 내 길을 찾아야 할 나이잖아요. 아니다라는 생각이 조금이라도 들었다면 지체할 시간이 없죠. 저는 언젠가 떠날 거라면 결정은 빠르면 빠를수록 좋다는 쪽이에요."

그녀가 '떠난다'는 말을 입에 올렸을 때 나는 귀가 번쩍 뜨였다. 어쩌면 장 전무가 말하는 성공의 조건, '잘 떠나는' 사람이 바로 이서린 같은 사람일지도 모른다는 생각이 들었다. 나처럼 늘 두려움에 떨면서 망설이는 대신, 바로 발걸음을 떼고 움직일 수 있는 용기가 신(新)유목민화 되어 가는 현대인에게는 필수조건이 아닐까. 더구나 여러 곳을 탐색해 빨리 길을 찾아야 할 때라고 강변하는 그녀와 나는 거의 비슷한 나이다. 더 늦기 전에, 나도 나에게 맞는 길을 찾아 움직여야 할 때가 아닌지.

이서린과 헤어져 자취방으로 돌아오는 골목에서 나는 사표를 내는 것이 옳다는 쪽으로 생각을 기울이고 있었다.

"네가 드디어 미쳤구나."

채령이 사표 이야기를 듣자마자 말했다. 뷔페식 패밀리

레스토랑의 샐러드 바에서 훈제연어를 담아내던 여자가 깜짝 놀라 우리를 쳐다봤다.

"내가 몇 번을 얘기하니? 내용이야 어쨌건 너희 회사 세진 그룹 계열사잖아. 남한테 입에 올릴 때 그럴 듯한 직장을 왜 그만둬? 거기 그만두면 그만한 회사에 다시 들어갈 수 있을 것 같아? 힘들더라도 좀 참고 무난하게 버티다가 괜찮은 사람 만나서 결혼해. 요즘 남자들은 맞벌이 못할 여자는 신부감으로 쳐다보지도 않는다던데, 지금의 네 스펙이면 괜찮잖아."

"그치만 지금의 날 좀 봐. 사는 낙이 없다고. 장 전무의 떠나야 한다는 말이 가슴에 박혀 떠나질 않아. 어쩐지 떠나야만 사는 것처럼 살 수 있을 것 같아."

채령은 답답하다는 표정을 지으며 내 쪽으로 조금 더 다가들었다.

"네가 진짜 떠나야 할 게 뭔지 알려 줄까?"

나는 반사적으로 눈을 크게 뜨며 채령의 다음 말을 기다렸다.

"아직 학교도 졸업 못한 네 백수건달 남자 친구, 그리고 50킬로그램이 넘는 몸무게!"

기대했던 내가 바보지.

하긴, 늘 똘똘하게 자기 앞길을 설계해 온 채령이 보기에 실속 없는 연애를 하는 내가 답답해 보일 것이다. 위로 언니만 셋을 둔 채령은 한국에서 여자의 일생이 어떤 사이클로 흘러가는지 너무나 잘 알고 있다. 연애를 많이 해봐야 남자 보는 눈이 생긴다는 언니들의 사무친 조언에 따라 채령은 고등학교 때부터 줄기차게 연애를 해왔고, 드디어 맘에 차는 남자를 꾀는 확률 99퍼센트의 비술을 체득하기에 이르렀다. 그러나 베스트 프렌드에게 비술을 전수해 주려는 그녀의 무한한 노력에도 불구하고 어찌된 일인지 나는 영 연애에는 젬병이었다. 결국 대학 생활 끝물에 만나기 시작한 유빈이 첫사랑이 되어 버렸다. 그렇게 해서 지금 채령은 경제력도 연애 감정도 안정되어 있는 ─ 결혼해도 안심인 사람과 사귀고 있고, 나는 덜컥 결혼이라도 하게 될까 겁나는 대상과 만나고 있는 것이다.

그만 맥이 탁 풀려 버린 나는 채령을 흘겨보았다. 그래도 그녀는 굴하지 않고 자세한 설명까지 덧붙였다.

"유빈이가 어려서 수술받은 것 때문에 군대 면제된 건 엄청난 혜택이잖아. 그러면 빨리 졸업해서 일찍 자리 잡는 게 맞는 거지, 휴학계 내고 몇 년째 인터넷 쇼핑몰로 용돈이나 벌면서 허송하는 게 말이 되니? 무엇보다 널 대하는 걸 보면……."

거침없는 그녀가 차마 하지 못하는 이야기가 무언지 나는 잘 알고 있다. 유빈은 '짜증 난다'는 말로 내 정체성을 정의한 것을 마지막으로 연락조차 하지 않고 있었다. 그 일 때문에 내가 얼마나 눈물을 짜냈는지 누구보다 잘 아는 그녀가 말의 마무리가 안 되는 진퇴양난에 빠진 것도 무리는 아니었다. 나는 채령을 구해 주기로 했다.

"그건 그렇고, 몸무게는 왜 트집이야? 나 어디 가서 뚱뚱하다는 말은 안 듣는다."

"누가 너더러 뚱뚱하대? 지금도 예쁘지만 넌 키가 작으니까 좀 더 빼야 여성스러운 라인이 나온다고. 20대 초반까지는 아직 자기 멋을 못 찾아서 촌스럽고, 20대 후반부터는 피부랑 몸매가 늘어지잖아. 우린 지금이 일생에서 제일 예쁠 때야. 이왕이면 조금 노력해서 예쁜 옷이 잘 어울리는 여자, 남자들한테 인기도 있는 여자로 살면 좋지. 남자들, 입으로는 마른 여자 싫다고들 하지? 나 나가는 스터디 모임이 거의 '연애의 전당'이 됐는데, 여자가 날씬한 순서대로 커플이 되더라고."

"다 시대가 만들어 낸 비극이야. 한 백 년쯤 전에 태어났으면 나도 미인 소리 듣지 않았을까?"

"조선 시대 미인도 본 적 있어? 가만히 보면 허리가 한 줌도 안 된다고. 이른 바 '맏며느릿감'이라고 좋아하던 몸매는 그야말로 애 잘 낳는 며느릿감 몸매였지 그 시대에도 미인상은 아니었대. 옛 문헌에 보면 미인을 표현할 때 '봉요(蜂腰)', 그러니까 '벌의 허리'라고 했어. 뚱뚱한 사람이 허리만 벌처럼 잘록하겠니? 그때도 사람들은 마른 몸매를 선호한 거야. 조선 시대에는 미인을 불길하게 여겼다나 봐. 그래서 양반들은 통통한 여자와 결혼해 집에 두고 밖에서는 날씬한 기생들하고 놀아났던 거지. 변한 건 미인상이라기보다는 미인에 대한 태도인 것 같아. 예쁜 게 좋은 거라고 여기는 시대가 됐다고나 할까?"

채령은 평소 사람들이 '사서면 책 많이 읽겠네요.' 하고 말하는 게 제일 곤혹스럽다고 한다. 사서가 업무 시간에 독서를 할 만큼 한가한 줄 아냐고. 하지만 역시 사서는 책을 많이 읽는 직업인 게 분명하다. 그녀는 별 쓸 데 없는 걸 다 알고 있다. 나는 내가 지금보다 날씬해져야 할 이유에 대한 기나긴 연설을 한마디로 일축해 버렸다.

"근데 넌 왜 이런 뷔페식 식당에 날 불러낸 거야?"

당분간, 나는 내 사표를 서랍 속에서 좀 더 잠재우기로 했다. 표현이 좀 거칠긴 했지만 진심을 담고 있는 채령의 간곡한 만류에 더 시간을 가져 보기로 한 것이다. 남한테 단호한 조언을 해준다는 것은 굉장한 모험이다. 그만큼 확신이 서는 일이라면 한 번쯤 다시 생각해 봐도 좋을 것이다.

이서린은 새 일에 썩 적응을 잘했다. 두 달 만에 그만두었을지언정 잡지사 출신인 만큼 섭외나 취재를 척척 알아서 했고, 싹싹한 막내로서 홍보실의 귀여움을 독차지했다. 게다가 영어까지 능통해서 홍보실에서 외국인을 접촉할 일은 모두 그녀에게 돌아갔다. 사수로서 뭔가를 가르쳐 줘야 한다는 내 의무감이 머쓱할 정도였다.

"어머, 그 옷 어디서 샀어요? 너무 괜찮다."

오늘 아침에는 한눈에 독특해 보이는 그녀의 옷을 두고 감탄을 했다. 그랬더니 의외의 답변이 돌아왔다.

"지난 주말에 제가 만들었어요. 아무리 다녀 봐도 맘에 드는 옷이 없어서요."

도대체 이서린이 못하는 건 무엇이란 말인가.

실장과 왕 과장도 눈이 헛달린 사람들은 아니라서 내 앞에서 노골적으로 그녀를 칭찬하기 바빴다.

"이서린 씨가 오고 나서부터 홍보실 분위기가 확 바뀌었어요. 사보 내용도 한결 업그레이드된 것 같고. 다음 달에 있는 사보 협회 연수는 이서린 씨가 가는 게 어때요?"

사보 편집자를 대표하는 사보 협회 연수에 갓 들어온 이서린을 보내겠다고 말하는 실장에게는 내가 투명인간인가 보다.

"그것도 나쁘지 않을 것 같네요. 이서린 씨는 아직 신참이니까 협회 분위기도 보고 일도 배워 올 수 있을 거예요. 가서 참신한 기획이 생각나면 편집에 반영도 해보고요."

왕 과장의 속내는 뻔했다. 신참이 톡톡 튀는 아이디어를 내서 그 섹션이 반향을 불러일으키기라도 하면 그 공을 자기가 가로챌 것이다. 처음 사보 편집을 맡았을 때 표지를 회사 로고의 삼색으로 디자인하자는 내 제안을 마치 자신의 것인 양 떠벌인 그녀였다. 그 표지 디자인은 사장의 마음에 꼭 들어서 지금까지 사보의 상징이 되어 매달 쓰이고 있다. 그 이후, 나는 다시는 남 좋은 일 시키는 짓은 하지 않기로 했다. 튀지도 책잡히지도 않는 선에서 적당히 일하기.

한편 이서린은 또 다른 면에서 나를 의기소침하게 했다. 그녀가 '잘 떠나는 사람'이어서 앞으로도 잘 살 가능성을 갖춘 사람이라면 나 또한 그녀만큼 능력 있는 사람이어야 한다는 이야기가 아닌가. 능력이 떠남의 조건이라면 내가 반년이라는 긴 시간을 두고 장 전무에게 '잘 떠나는 법'을 배우는 게 다 무슨 소용이란 말인가. 장 전무를 다시 만날 날짜는 다가오고 있는데 첫 번째 과제의 의미조차 알아내지 못한 나는 초조해지기 시작했다.

채령의 전화를 받고 나간 홍대 앞 카페에는 채령과 그녀의 남자 친구 김원장, 그리고 웬 낯모를 남자가 먼저 나와 있었다.

"미경 씨 오랜만이네요. 왜 그렇게 마르셨어요? 요즘 바쁘시다더니 그래서 그런가?"

김원장은 입에 발린 말을 적당히 할 줄 아는 남자다. 요즘 스트레스를 받아서 체중이 늘었는데도 말랐단다. 아닌 척하면서도 남자들이 여자들 몸이 좀 나면 귀신같이 알아챈다는 걸 이미 아는 나는 쓴웃음이 났다.

채령이 그를 만난 건 삼청동의 어느 와인 바에서였다. 친구들과 어울리는데, 바로 옆 한 무리의 남자들이 앉은 테이블에서 들려오는 소리를 들었단다.

"어, 김원장 온다! 김원장, 여기야!"

원장이라는 말에 반사적으로 입구 쪽으로 눈길이 갔다. 젊은 남자가 벌써 병원 원장이라는 것도 기특한데 이 남자, 마침 채령의 호감 스타일이었다고 한다. 그녀는 당장 낯선 남자가 전화번호를 물어 오도록 유도하는 특기를 발휘했다. 은근하면서도 헤퍼 보이지 않게, 알맞은 빈도로 그에게 시선을 던졌다. 노련한 그녀가 관자놀이가 뻐근할 정도로 텔레파시를 보냈는데도 어쩐 일인지 반응이 없더란다. 결국 바텐더를 매수해 그쪽과 테이블을 합치고서야 채령은 그에게 접근할 수가 있었다고 한다. 그다음부터는 너무나 쉬웠을 것이다. 그런데 만나면서 차차 알아 보니 그는 의사가 아닌 건축 설계사였단다. 사람들이 그를 김원장이라고 부르는 건 그게 그의 이름이기 때문이었다.

의사도 원장도 아니었지만 채령은 김원장을 계속 만나고 있다. 채령의 말에 따르면 그는 '여자를 안정적으로 행복하게 해줄 사람'이란다. 제가 유혹해 놓고는 낯선 여자의 눈빛

공격에 홀랑 넘어가 버리는 남자는 싫단다. 나는 채령의 그 말—여자를 안정적으로 행복하게 해줄 남자라는—이 무얼 의미하는지 잘 안다. 그건 '정유빈 같지 않은 남자'를 뜻한다. 어떨 때는 하늘을 날 것 같은 기분일 정도로 달콤하게 보듬어 주다가, 또 어느 순간에는 매정하고 잔인하게 굴어 도무지 종잡을 수 없는 남자 말이다. 그런 유빈과 달리 요모조모 빠질 게 없는데도 눈에 띄게 근사한 부분이 없어서 오히려 호감이 가는 김원장은 내가 봐도 훌륭한 남편감이다.

　나는 보통 연애를 많이 하는 여자들의 충고를 듣지 않는 편이다. 그녀들 대부분은 자신의 경험을 내세워 화려한 연애론을 펴지만, 막상 연애 경력을 살펴보면 매번 비슷한 사람을 만나 비슷하게 연애하고 비슷하게 헤어지는 패턴을 반복한다는 걸 알 수 있다. 사람만 바뀌었지 한 사람과 만난 것과 다름이 없다. 하지만 채령은 반성과 연구를 통해 발전할 줄 아는 진정한 경력자다. 고등학교 때 동네 양아치 남자 친구에게 담배를 배우다 딱 걸릴 정도로 철딱서니 없었던 그녀는, 최근 헤어진 반도체 연구원과는 연애를 예술의 경지에까지 끌어올렸다. 나무랄 데 없는 사람과 함께 연인들이 해볼 일들과 느껴야 할 감정들을 모두 경험하며 추억을 많이 만들었다. 당연히 결혼까지 생각했지만 채령 부모님의 극심한 반대로 헤어지고 말았다. 남자 쪽 부모님이 어느 토속 종교의 종파에서 파생됐다는 신흥 종교에 심취해 있다는 소식을 접한 아버지가 교회에서 예배를 드리다가 뒷목을 잡고 쓰러지셨다나. 이별의 후유증에서 벗어난 채령이 어느 날 이렇게 말했을 때, 나는 그녀가 무림 고수의 반열에 이미 올랐음을 깨달았다.

"그렇게 좋아했던 사람과 결혼 안 한 게 정말 다행이야. 결혼한 다음에, 비 오는 날 카페나 가을날 낙엽 길에서 센티멘탈해진 마음으로 떠올릴 사람이 턱살이 늘어져 뱃살에 닿는 남편밖에 없다면 얼마나 인생이 삭막하겠니? 나이 들수록 추억이 재산이라더라. 난 늙어 죽을 때까지 펑펑 쓸 수 있는 추억을 벌어 놓은 거야."

그런 채령이 김원장을 닦달해 데려다 놓은 소개팅 상대라면 한두 단계 정도는 접고 들어가도 안심일 사람일 터였다. 아까부터 김원장 옆에 어색하게 앉아 있는 낯선 남자 말이다.

"아 참, 이쪽은 우영기라는 친굽니다. 요즘 미경 씨가 기운 없어 보인다기에 재롱 좀 부리라고 데리고 나왔습니다."

일부러 모르는 척했지만 이게 사심 없는 친교 모임을 가

75

장한 소개 자리라는 건 바보라도 알 수 있을 것이다.

"안녕하세요. 원장이하고는 대학 동창입니다. 듣던 대로 미인이시네요."

빤한 인사치레라는 걸 알면서도 미인이란 말에 첫인상이 좋다고 느낀다. 여자에게 아름답다는 칭찬은 칼슘이나 비타민과 같다. 아무리 지적인 여자라도 그 필요로부터 자유로울 수는 없는 법이다. 더구나 요즘 정신적 영양실조에 시달리고 있는 나로서는 돈을 주고서라도 예쁘다는 말을 듣고 싶을 판이었다.

김원장과 비슷한 분위기의 우영기는 무난하고 부드러운 성격에 그리 빠지지 않는 재치까지 겸비한 사람이었다. 게다가 고맙게도 '특별한 하자가 없는' 외모를 가지기까지 했다. 그건 나보다도 짧은 다리나 현상 수배범 같은 인상 등의 외적 요인들이 상대방의 내면으로 다가가려는 의지를 방해하지 않는 최소한의 조건을 의미한다.

채령이네 커플이 적당히 빠져 준 후에도 어색하지 않을 정도로 분위기는 좋았다. 그는 나보다 네 살이 많은 스물아홉이었다. 오랜 사회생활로 능구렁이가 된 것도 아니고, 대학 시절의 젊은 치기가 남아 있는 것도 아닌 나이. 연상연하

를 불문하고 모든 연령대 미혼 여성들의 타깃이 되는, 그래
서 임자 없는 괜찮은 남자 보는 게 천연기념물 보는 것만큼
이나 힘들다는 나이. 내 앞에 그 드문 존재가 앉아 있다는
게 현실감 없어서 오히려 무감동할 정도였다. 나는 내 가난
한 자존심이 들통 날까 봐 되도록 말을 줄였다. 이 남자 눈
에 내가 차지 않는다 하더라도 적어도 시간 낭비를 하게 한
여자로 기억되고 싶지는 않았다.

차로 집 앞까지 바래다준 그는 인사를 하고 나를 들여보
낼 때 마지막으로 이런 말을 했다.

"미경 씨는 어쩐지 잘 설계됐지만 도배를 잘못해 놓은 집
에 사는 사람 같아요."

홍보실이 발칵 뒤집힌 건 이서린이 나 대신 사보 협회 연
수에 다녀오고 난 직후였다. 그녀가 난데없이 사표를 낸 것
이다.

"갑자기 일 잘하던 이서린 씨가 이게 웬일이에요? 무슨
일 있었어요? 이렇게 감정적으로 나오지 말고 불만 있으면
나한테 말해 보세요."

사직하려는 사람은 상사에게 한참 전부터 사인을 보내기

마련이다. 그래서 상사는 항상 낼 만한 사람이 기어이 사표를 내는구나 하고 생각한다. 그런데 벌써 사표를 쓰고도 남았을 나는 잠잠하고, 한창 일 잘하던 이서린이 사표를 던지니 실장도 당황할 수밖에 없었다.

"불만 없습니다, 실장님. 다만 제가 이 회사에 맞지 않는 사람이란 걸 알았을 뿐입니다. 죄송합니다."

그녀의 분명한 의사 표현에도 불구하고 실장은 애먼 나를 들들 볶으며 진짜 이유를 알아 오라고 다그쳤다. 내가 그녀의 사수니까 뭔가 관련이 있지 않겠냐는 심증을 가지는 것 같았다. 실장과 왕 과장이 그녀만 싸고도는 게 눈꼴시긴 했지만 정작 그녀에게는 특별한 유감이 없었던 나였다. 더구나 그녀가 없어지면 난 또다시 지옥 같은 마감을 해야만 한다.

나는 틈을 봐 이서린을 휴게실로 데려가 살살 달래 가며 이야기를 끌어냈다. 그러자 갑자기 그녀가 그 큰 덩치를 떨며 소처럼 우는 것이었다.

"엉엉. 내 맘대로 기사도 못 쓰게 하고오."

그녀는 '울다'라는 동사가 어울리지 않는 사람이었다. 막 출고된 중형차처럼, 복원된 청계천의 돌다리처럼 내리는 빗방울조차 튕겨 낼 것 같은 단단하고 반들반들한 사람이었다. 안쓰럽기보다 황당해진 나는 그런 그녀를 멀뚱멀뚱 보고 있을 뿐이었다.

"저 그동안 힘들어 죽는 줄 알았어요. 정말 사보 만든다는 게 이런 일인지는 몰랐어요. 기사라고 하나 쓰면 층층시하 검열에 취재원 비위까지 맞춰야 하고, 창의적인 기획은 다 퇴짜 맞고. 게다가 사보 담당인데 홍보실 잡무에는 왜 그렇게 동원돼야 하는 거죠? 잡지사에서는 이렇지 않았다고요."

"서린 씨가 뭔가 잘못 알고 있는 게 있는데, 사보는 잡지하고 전혀 다른 거예요. 창의력을 발휘해서 독자를 재미있게 하는 게 아니라 회사를 홍보하는 수단이라고요. 잡지하고 다른 건 당연하죠."

"바로 그런 점을 이번 연수 가서 확실히 알았기 때문에 그만둘 걸 결심한 거예요. 전 사보하고는 안 맞는 사람이에요."

"사보가 싫으면 나중에 다른 부서로 갈 수도 있어요. 애초에 사보 만들려고 이 회사에 들어온 건 아닐 거 아니에요? 세진 어패럴이라는 회사에 관심 있었던 거 아닌가요?"

"맞아요. 그렇지만 일을 하면서 이 회사가 제가 평생 일할 곳은 아니라는 생각이 들었어요. 패션 회사라 리버럴할 줄 알았는데 실장님이고 과장님이고 꽉 막혀서……. 무엇보다 사람들이 싫어서 더 싫어요."

마지막 말에는 동감이지만 어쨌든 이대로 그녀를 보낼 수는 없었다. 하다못해 이번에 돌아오는 마감을 마칠 때까지만이라도 붙잡아 두어야 한다.

"알고 보면 그분들도 괜찮은 사람들이에요. 실장님이야 말을 좀 막 하긴 해도 악의는 없어요. 사람이 단순해서 조금만 성의를 보여도 즉각 반응이 온다고요. 그리고 왕 과장님도 겉으로 보기엔 여우 같지만 일 잘하고 화끈한 구석이 있어요. 게다가 홍보 쪽으로는 감각도 있어서 선배로서 배울 점이 얼마나 많은데요."

내가 이 회사를 떠나면 같은 하늘을 이고 살기도 싫을 사람들 칭찬까지 하다니. 마음에도 없는 말을 하려니 식은땀이 날 지경이었다. 그런데 묘하게도 애써 장점을 찾아 한참 말하다 보니 정말 그들이 괜찮은 사람일지도 모른다는 말도 안 되는 생각이 드는 것이었다. 그러나 돌아온 대답은 내가 오후 내내 소귀에 대고 팔만대장경을 읊어 댔다는 허탈감을 줄 뿐이었다.

"저, 이제 잡지계로 돌아갈래요."

나 자신까지 설득될 정도로 열심히 설득을 했건만 이서린은 요지부동이었다. 월급 받고 난 다음 날부터 그녀는 출근을 하지 않았다. 그녀가 맡았던 일은 인수인계도 거의 되지 않아서, 또다시 나만 두통과 치질에 시달리며 마감 준비를 해야 했다.

며칠이 지난 아침, 왕 과장이 출근하기 무섭게 나를 붙들고 어떤 비화를 들려줬다.

"이서린이 말이야, 걔 알고 보니까 상습범이더라. 대학 마지막 학기부터 우리 회사 입사 전까지 다니다 그만둔 회사가 세 군데나 되더라고. 자기 그거 알고 있었어?"

그럼, 잡지사 경력이 전부가 아니었다? 물어보지도 않은 일에 굳이 천연덕스럽게 거짓말을 하던 이서린의 얼굴이 떠오르며 불쾌한 감정이 치밀어 올랐다. 잡지사 이전 경력이 전무하다는 말을 직접 한 건 아니니 명백한 거짓말도 아니었지만 그래서 더 역겨웠다. 뭔가 반응이 있는 내 표정을 본 왕 과장은 더 신이 나서 정보를 읊었다.

"경력에 흠이 될까 봐 입사 때마다 한 군데 정도만 이력서에 썼었나 봐. 패션 쪽에 관심이 있는지 다 비슷비슷한 계통에 지원했대. 처음엔 싹싹하게 일 잘하다가 하나같이 뒤끝 있게 그만뒀다나 봐. 겪어 본 사람들은 다 이를 갈던데. 그래도 요즘 같은 취업난에 척척 입사에 성공한 거 보면 참 재주도 좋아. 너무 재주가 많아서 탈인 건가? 하지만 아무리 능력이 있어도 경력 관리를 그렇게 해서야 어디 비전이 있겠어? 사회생활의 기본이 신뢰인데, 여기저기에 그렇게 사기꾼 이미지를 심어 놓고 말이야. 사회생활이 어디 업무 능력만으로 되는 거냐고. 안 그래?"

왕 과장은 이서린 때문에 가장 피해를 본 내가 격렬한 반응을 보이길 은근히 기대하는 눈치였다. 하지만 나는 아직 섣불리 그럴 수가 없었다. 예전의 나라면 왕 과장 말에 얼씨구나 맞장구쳐 줬을지도 모른다. 이서린이 어느 면에서는 사기꾼인 것도 사실이었으니까. 하지만 '떠남'이 내 25세 청춘의 지상 과제라는 걸 알게 된 나로서는, 자기가 좋아하는 일을 찾아 나름대로 결단을 하고 끊임없이 새로운 것을 찾아 떠나는 이서린을 그저 탓할 수만은 없었다. 그러다 정말 자신이 좋아하는 일을 찾아 정착해 성공하지 말란 법도 없으니 말이다.

세상에 성공한 사기꾼들이 좀 많은가. 떠남에 대한 나만의 정의를 찾을 때까지 평가는 잠시 보류다.

내가 혼자 자취를 하고 있는 대학가 근처의 원룸. 물건을 늘어놓는 성격은 아니어서 언뜻 보면 정돈이 되어 있는 것 같지만 잘 살펴보면 여기저기 먼지가 수북하다. 오늘 역시 야근을 하고 파김치가 되어 들어와 앉았다가 늘 기대어 뒹굴던 앉은뱅이 소파쿠션에 갈색 얼룩이 묻은 걸 발견했다. 아마 커피인 듯한 그 얼룩을 '이게 뭐지?' 하고 자세히 보다가 쿠션이 전체적으로 상당히 지저분하다는 걸 깨달았다. 어떻게 이제까지 이 더러운 걸 껴안고 살았나 이상할 정도였다. 그걸 시작으로 집 안 곳곳 도저히 더 이상 손댈 수 없이 너저분한 구석들이 눈에 들어오기 시작했다. 그렇게 해서 나는 밤 10시부터 달밤에 체조하는 기분으로 대청소를 시작했다.

세탁기 돌린 지가 일주일 되었고, 베란다에서는 역시 년지 일주일 된 빨래가 말랐다 얼었다를 반복하며 황태가 되어 가고 있었다. 나는 이미 새 빨래의 뽀송함을 잃어버린 눅눅한 양말과 옷가지들을 걷었다. 양말의 짝을 맞추어 정리를 하다 보니 짝 없는 양말이 거의 반이나 된다. 나는 지난번 빨래할 때 따로 두었던 짝 없는 양말들을 꺼내 와 짝을 맞춰 보았다. 그런데 남아 있던 양말들이 이제 거의 짝을 찾을 거라는 기대와는 달리, 짝 없는 양말이 더 많아졌다. 의

외로 지난번 쌓인 외짝 양말들과 짝이 맞는 양말이 별로 없어서였다. 벌써 몇 달째 별다른 이유 없이 외짝 양말이 늘어나고 있다! 이상한 일이었다. 대체 누가 혼자 사는 여자의 냄새나는 양말을, 그것도 한 짝씩 훔쳐 간단 말인가. 아니면 세탁기 안에 양말 먹는 귀신이라도 사는 건가.

양말에 얽힌 미스터리는 세탁 바구니에 산처럼 쌓인 빨래를 맘먹고 뒤져 양말을 솎아 냄으로써 풀렸다. 없어진 양말들이 모두 거기 있었던 것이다. 나는 항상 세탁을 조금씩 하는데, 손에 잡히는 대로 세탁물의 일부를 세탁조에 넣으면서 양말의 짝 따위는 신경 쓰지 않았다. 양말이 어디 가는 건 아니니 대충 넣어서 빨다 보면 언젠가 다 짝이 찾아질 거라고 생각했기 때문이다. 그런데 시간이 지날수록 오히려 외짝 양말이 늘어만 가 이제 짝이 갖추어진 양말보다 더 많아지기에 이르렀다. 가만히 따져 보니 각기 다른 수십 켤레의 양말이 '우연히' 같은 날 세탁기에 들어갈 수학적 확률은 그다지 높지 않았다. 양말 빨래를 하는 일에서조차 요행은 없는 것이다.

나는 빨래 더미에서 찾아낸 양말들을 따로 모아 새벽 1시에 세탁기를 돌렸다. 이것으로 쓸모도 없는 외짝 양말이 가뜩이나 좁은 서랍장을 차지하고 있는 상황은 '끝'이다. 그건, 뭐랄까, 산고 끝에 사보 최종본 필름을 인쇄소에 넘겼을 때보다 더한 개운함을 안겨 주었다.

사소하지만 벗어날 수 없다고 여겼던 카르마에서 스스로를 해방시킨 뿌듯한 기분.

불현듯 생각이 스쳤다. 내 삶이 어딘가 잘못 돌아가고 있는 건 빨래를 헤집어 양말을 찾아내는 것과 같은 일을 자꾸만 미루었기 때문이 아닐까. 그래서 내 가치관과 자아가 제대로 짝을 찾지 못하고 방황하는지도 모른다. '떠난다는 것'은 어쩌면 내 삶의 빨래 더미와 관련된 문제일 수도 있다.

만약 이서린 역시 자신의 빨래 더미를 뒤져 문제를 해결할 생각은 않고, 누군가 양말을 훔쳐 가고 있다는 따위의 생각만 한다면 백 번 회사를 옮겨도 자신의 적성을 찾아내지는 못할 것이다. 왜냐하면 그건 잘 떠나는 게 아니라 요행을 바라는 도피일 뿐이기 때문이다.

장미경 전무의 충고가 맞았다. 깨달음은 용쓰지 않아도 생각을 품고 있으면 스스로 찾아와 준다. 내가 양말 빨래를 하다가 해답을 얻을 줄 누가 알았겠는가.

며칠 남지 않은 장미경 전무와의 인터뷰가 이제 초조함보

다는 기대감으로 다가오기 시작했다. 그녀는 내게 좀 더 힌
트를 줄 것이다.

"이제 좀 떠나야겠다는 생각이 들던가요?"

장 전무가 궁금해 죽겠다는 표정으로 묻고 있었다. 난 저
첫 질문에 대한 답이 나에 대한 그녀의 기대를 좌우하리라
는 걸 알고 있다. 이 대답 하나로 내가 될성부른 나무인가
그렇지 않은가를 판단할 것이다.

"떠나고 싶다는 생각이 들었습니다. 그동안은 제가 떠나
기 두려워하고 귀찮아하는 사람이라는 걸 몰랐습니다. 아니,
누군가 보내는 게 아니라 저 스스로 떠날 수 있다는 것조차
몰랐다고 해야 맞겠죠. 그건 '짝이 맞지 않는 양말의 악순
환'과 같아요."

"양말의 악순환?"

의아해하는 장 전무에게 양말 빨래를 하면서 생각한 것들
을 말해 주었다. 그랬더니 그녀는 무릎을 치면서 유쾌하게
웃었다.

"고미경 씨, 참 기발한 데가 있네요. '외짝 양말의 카르마'
라……. 그거 이번 달 기사 내용에 꼭 인용하세요."

한동안을 더 킥킥대고 웃던 장 전무는 이윽고 좀 전과는 다른 진지하면서 윤기 도는 눈빛으로 나를 바라보았다.

"생각보다 수업이 재미있어질 것 같은데요. 아주 기대돼요."

실제로 본 적은 없지만 사냥감을 발견한 사자나 자칼이 바로 저런 눈빛이지 않을까 싶었다.

그녀의 승부욕을 자극한 것이 작더라도 어쨌든 존재하기는 하는 내 안의 가능성이라면, 난 얼마든지 잡아먹혀 줄 것이다.

"내 생각엔 미경 씨가 이제 떠날 준비가 된 것 같아요. 표현은 다소 생소하지만 떠난다는 것의 의미를 정확히 짚어 낸 것으로 보여요. 뭔가 떠나야 할 필요성을 느낄 때, 잘 떠나는 사람은 떠나야 할 대상을 먼저 자신에게서 찾지요. 자신 안에 떠나야 할 게 없다면 그때 비로소 밖에서 떠나야 할 것을 찾는 거예요. 미경 씨가 말한 그 신참 직원이 한 달도 안 되어 회사를 그만두었다면 자기 빨래 더미에서 문제를 찾아낼 시간은 없었을 거예요. 한마디로 제대로, 잘 떠난 게 아니라는 거죠. 앞으로 누군가 제대로 떠나는 법을 가르쳐 주지 않는 한 능력을 발휘할 기회도 없이 도태되고 말

거예요."

"그렇다면 저는 어떤가요, 전무님? 저는 1년이 넘는 시간 동안 이 회사에서 같은 일을 했고 업무에서나 인간관계에서나 만족하지 못하고 있습니다. 언제고 떠나야 할 것 같다는 생각을 하고 있지만 쉽게 결정을 하지 못해 괴로워요. 누군가 어떻게 하라고 한마디만 해준다면, 그게 더군다나 전무님이시라면 어떤 선택에서든지 최선을 다할 자신이 있어요. 제발 조언을 해주세요. 제가 이 회사를 그만둬야 할까요, 아니면 좀 더 다녀야 할까요?"

장 전무는 내 간절한 청에 대한 대답 대신 책상 위에 놓여 있던 인쇄물을 건네주었다. 커다랗게 박힌 제목이 먼저 눈에 들어왔다.

'갈 길은 반드시 스스로 결정할 것'

"'여행과 인생에서 성공하기 위한 일곱 가지 당부' 그중 두 번째 조건이에요. 지금 미경 씨 질문에는 이게 정답일 것 같네요. 나는 이제까지 방금 미경 씨가 한 것 같은 질문을 숱하게 받아 봤어요. 처음에는 내가 가진 지식과 판단력을 총동원해 가장 승률이 높은 쪽을 권하곤 했지요. 결과는 어땠을 것 같아요?"

나는 그녀가 성의껏 대답했다면 틀림없이 다들 성공했을 거라고 생각했지만, 그녀가 그런 질문을 한 데는 또 다른 변수가 있을 것이었다.

"내 권유를 따른 열 명 중 아홉 명이 실패했어요. 그리고 내가 내린 결론은 무시하고 조언만 듣고 간 열 명 중 다섯 명은 성공했지요. 이게 뭘 뜻하는지 알겠어요?"

"글쎄요⋯⋯. 저는 잘⋯⋯."

"남이 대신해 주는 선택은, 그게 어떤 것이건 간에 아무 소용이 없다는 거예요."

그녀는 잠시 숨을 고른 후 말을 이었다.

"파리를 처음 여행할 때였어요. 다음 날 일정을 어떻게 할까 고민하고 있는데 마침 루브르에서 현지 투어를 막 끝낸 한국인 가이드를 만났어요. 잘됐다 싶어 다음 날 일정을 추천해 달라고 했지요. 그는 시간이 하루밖에 없다면 파리 근교의 베르사유 궁전을 꼭 보고 오라고 했어요. 전문가이니 오죽 잘 알까 싶어 생각할 것도 없이 결정했지요. 그런데 다음 날 베르사유에 갔을 때 내 실망은 이루 말할 수 없었어요.

영화에서 보던 것 그 이상도 그 이하도 아닌 사치스러운 궁전은 아무 감흥이 없었어요. 게다가 관광객들은 어찌나 많던지 어서 빨리 나가고 싶을 뿐이었지요. 그렇게 궁전을 나와 파리 시내로 돌아가려다가 문득 왕비의 별장에 한번 들러 볼까 하는 생각이 들었어요. 궁정 생활에 물린 마리 앙투아네트가 대부분의 시간을 보내던 비밀스러운 안식처에서 나도 좀 안식을 취해 볼까…… 뭐 그런 생각에서였어요. 나는 그때 왕비가 숲 속에 은밀히 꾸며 놓은 농가 마을 연못가에서 백조와 함께 나눠 먹은 바게트 샌드위치 맛을 지금까지 잊지 못하고 있어요. 적어도 나한테는 그곳이 세계에서 가장 유명한 궁전인 베르사유보다 나았던 거죠.

여행을 많이 해보면서 난 이 세상 어느 여행지도 절대적으로 좋은 곳, 절대적으로 나쁜 곳은 없다는 걸 알게 되었죠. 여행을 행복하고 유익하게 해주는 건 그 여행지 고유의 장점을 찾아내 즐기려는 마음이에요. 그런 마음으로 직접 여행지를 택하고, 그곳을 즐길 자세를 스스로 책임져야 생기는 거죠. 남의 결정에 따라 남들 좋다는 곳을 기계적으로 돌아다녀서는 진정한 여행의 기쁨을 느끼지 못해요. 여행이란 눈을 뜰 준비를 하고 있는 자에게만 해답을 준답니다. 인

생의 선택도 마찬가지예요. 미경 씨, 혹시 판타지 영화 좋아
해요?"

"뭐…… 좋아하지는 않지만 가끔 보기는 합니다."

난데없는 영화 이야기에 영문 몰라 하는 내 대답에 장 전
무는 다행이라는 표정이었다.

"그럼 영화 보면서 답답했던 적도 있겠네요. 거기 등장하
는 전지전능한 존재들은 어려움에 처한 주인공을 도와줄 수
있으면서도 꼭 '스스로 해야 하느니라.' 하고 말하고선 뒤로
빠져 주인공이 된통 고생하게 내버려 두지요."

"맞아요, 꼭 그래요. 어렸을 때 봤던 만화에서도 항상 그
랬지요."

"전에는 그게 주인공을 고생시켜야 얘기가 되니까 일부러
만든 이야기적 장치라고만 생각했어요. 그런데 겪어 보니
그게 다 이유가 있더라고요. 돈이나 명예처럼 온갖 가치 있
는 것들은 스스로 그걸 얻기 위해 책임져 보지 않은 사람은
지킬 수가 없어요. 그 사람들은 그걸 지킬 능력이 없더라고
요. 수십 년 동안 많은 사람의 인생을 접하면서 직접 눈으로
확인한 사실이에요. 낙하산 인사로 자리를 얻은 사람이 꼭
몇 년 이내에 밀려 나는 것도 다 그런 이유 때문이지요.

이제 미경 씨 이야기로 돌아가 봅시다. 결론부터 말하면 미경 씨가 지금 회사에 그대로 있건 다른 회사로 옮기건 결과는 별로 다르지 않을 거예요. 미경 씨가 지금처럼 스스로 결정을 내리고 책임지기 두려워한다면 회사를 옮겨도 지금과 비슷할 거예요. 그 반대라면 지금 회사에서 인정받을 가능성도 무궁무진하고요. 미경 씨의 '빨래 더미'는 남이 대신 뒤져 줄 수가 없는 거예요. 인생에서 실패하는 모든 사람들은 남들이 자기의 빨래 더미를 뒤져 잃어버린 양말을 찾아 주기만 바라기 때문에 영원히 발전할 수 없는 거고요.

미경 씨가 '좋은 떠남'을 경험하고 싶다면 자신에 대해 치열하게 연구하고 책임질 수 있는 결정을 해보세요. 지금 미경 씨한테 필요한 건 떠나느냐 안 떠나느냐가 아니에요. 스스로 잘 떠나는 사람으로서 자질이 갖추어진다면 지금 하는 고민은 저절로 해결될 거예요."

장 전무와의 인터뷰 후, 나는 회사로 들어가는 걸 미룬 채 좋아하는 모카커피를 사 들고 공원 벤치에 앉았다. 인터뷰 내내 스스로가 너무 찔려서 아팠기 때문에 휴식이 필요했다. 그동안 왜 내 삶이 이렇게 답답하게 굴러가나 도무지 알 수 없었는데 오늘 보니 잘 굴러가면 그게 더 이상할 지경이었다.

나는 뭐든 스스로 결정해 가진 것이 없다. 적성에도 안 맞는 경영학과를 지원한 것은 취직이 잘된다며 부모님과 담임 선생님이 적극 권한 것이었고, 취업도 특별한 의지 없이 받아 주는 곳에 그냥 들어온 것이었다. 남자 친구 유빈과의 만남도 엄밀히 보자면 내 선택은 아니었다. 3년 동안 그의 주위를 맴돌며 그가 선택해 주기만 기다렸었고, 지금의 내 모습이 그 결과다. 일은 받는 월급에 맞게 시키는 대로만 했고, 점심 메뉴 하나 내 의지로 결정하지 못해 남들 입맛에 묻어 가곤 했다. 내가 순수하게 나만의 선택을 적용시킨 건 옷과 가방을 쇼핑할 때뿐이었던 것이다. 그 어느 것도 내가 결정하지 않았기에 언제나 일이 잘못됐을 때 남들에게 책임을 돌릴 수 있었다. 어느 상황에서도 내 잘못은 없었으니 고칠 필요도 없었고, 따라서 난 더 이상 자라지 못했다.

이제 내 결정이 필요할 때다.

공원에서 두 시간 동안 석상처럼 굳어 생각한 끝에 나는 당분간 회사를 그만두지 않기로 '결정'했다. 생각해 보니 나는 지금 회사에서의 지난 1년간 내 빨래 더미를 뒤져 잃어버린 양말을 찾으려 했던 적이 없다. 그저 눈앞의 할 일을 하기에만 급급했고, 남들 하는 만큼만 하려고 애를 썼다. 이대로 사표를 써 낸다면 이서린과 다를 바가 없다.

회사의 내 자리로 돌아온 나는 책상을 정리하기 시작했다. 그동안 내 책상의 공간을 좀먹고 있던 것들을 휴지통에 버렸다. 그다지 잘 나오지 않은 사진, 다시 갈 일이 없을 패밀리 레스토랑의 포인트 카드, 몇 달 전 해외여행 다녀온 동료가 형식적으로 돌린 열쇠고리, 자꾸 잉크가 새는 볼펜, 날에 녹이 슨 커터, 1년간 한 번도 들여다보지 않은 서류, 학원에서 커리큘럼과 관계없이 떠넘긴 영어 교재……. 거의 쓰지 않으면서도 버릴까 말까 하는 순간 내려야 하는 결단이 싫어 버리지 못한 것들이었다. 이제, 만에 하나 버린 물건이 필요할 일이 생기더라도 나는 후회하지 않을 것이다. 왜냐하면 나는 그것들이 필요할지도 모를 희박한 확률 대신 쾌적한 책상을 '선택하기로 결정'했기 때문이다. 필요 없는 물건을 모두 정리한 책상 위에는 내가 지금까지 본 적 없는 새롭고 환한 공간이 펼쳐져 있었다.

그 책상 앞에 앉아 나는 인터뷰의 여운이 가라앉기 전에 서둘러 기사를 쓰기로 했다.

도착하는 곳에 대한 애정과 관심 없이는 의미 있는 여행을 할 수 없다. 자신이 떠나야 할 곳조차 결정하지 못하는 사람이 그곳에 대해 애정을 가졌다 말할 수 있을까? 여행은 떠날 자격이 있는 자에게만 길을 보여 준다. 우리 삶도 다르지 않다. 자신이 가야 할 길을 스스로 결정하고 그 발걸음을 책임질 수 있는 사람만이 인생 여행이 주는 참의미를 발견하는 삶을 살 수 있다. 성공으로 가는 길은 실상 누구에게나 열려 있지만 아무나 갈 수 있는 것은 아니다. 그 길로 가는 것을 선택하고 그 선택에 책임을 지고 끝까지 가는 사람이 극소수이기 때문이다……

나는 전과 똑같이 회사를 다니고 있지만, 이제까지와 전혀 다른 직장 생활을 하게 될 것이다. 전엔 그저 있던 대로 눌러앉은 것에 불과했지만, 앞으로는 내가 여기 있기로 선택했기 때문에 이곳에서 일하는 것이다.

나는 떠나지 않았지만 결국 떠난 것이다.

여자, 거침없이 떠나라 _____ 3

떠나기 위해
떠나지 마라

우리가 떠나는 건
떠나기 위해서가
아니라 결국 도착하기
위해서라는 걸
잊지 말아야 해요.

사보 연간 기획서라는 걸 매달 보긴 했었다. 전임 책임자인 이 대리가 작년 말 짜놓은 그것을 인쇄물에 손때가 묻도록 봤었다. 그런데 그게 이렇게 엉성한 기획들로 가득 차있는 줄은 처음 알았다. 매달 이 연간 기획서에 의지해 사보를 편집하면서도 왜 나는 제대로 된 편집을 하려면 최소한의 창의력과 융통성이 필요할 거라고는 생각도 못했을까?

나는 방문자 건수가 줄어 버린 인터넷 사이트 소모임 소식을 전하는 난을 빼기로 했다. 그리고 고민 끝에 내가 잘할 수 있는 일을 하기로 마음먹었다. 제목은 '보통 몸매 여자의 TOP 코디'로 정했다. 나는 홍보 팀 회의에 이 안건을 올려놓았다.

"한마디로 우리 회사의 신제품들과 그에 어울리는 소품을 코디해 상황에 따라 권하는 겁니다. 패션 조언이야 어느 매체에서나 너무 흔하다고 생각하실지 모르겠지만, 이 기획은 조금 다릅니다. 보통 잡지나 화보들은 최신 유행을 앞세워 모델이 아닌 여자가 도무지 소화할 수 없는 희한한 코디법을 소개하곤 합니다. 왜냐하면 그게 보는 재미가 있기 때문이죠. 하지만 그걸 따라 입고 거울을 보고서는 대한민국 표준인 제가 땅딸보에 뚱보라는 좌절감을 맛본 게 한두 번이 아니었습니다."

이 대목에서 웃음이 터져 나왔다. 내가 직원들의 집중력을 빨아들이고 있는 것이 느껴졌다.

"한마디로 평소에 우리가 옷을 입듯이 튀지 않으면서도 세련돼 보이는 법을 소개할 생각입니다. 그리고 꼭 유행 디자인이 아니더라도 날씬해 보이는 디자인과 색깔 위주로 코디를 소개할 거고요. 사실 보통 여자들이 옷을 살 때 가장 관심을 보이는 게 얼마나 날씬해 보이는가입니다. 보통 체형의 여자들을 위한 코디인 만큼 모델은 아예 쓰지 않고 제품만으로 코디를 할 생각입니다. 늘씬한 모델을 쓰는 것은 의미가 없고, 그렇다고 보통 몸매의 여자를 쓰면 모델의 비주얼에만 익숙해진 사람들 눈에 좋아 보일 리가 없으니까요. 그리고 우리 회사 제품이 아니라도 어울리기만 한다면 다른 브랜드, 특히 명품들도 실을 생각입니다."

"그건 곤란하지 않을까요? 우리 회사 사보에 다른 제품들을 소개한다는 건 말이 안 됩니다."

"보통 한 브랜드로 머리끝부터 발끝까지 맞춰 놓은 화보에는 눈길이 잘 가지 않습니다. 독자들이 패션 제안이라기보다는 '광고'로 이미지를 보게 되기 때문입니다. 홍보 브로슈어가 아닌 이런 작은 칼럼에서라도 편견을 깨는 작은 시도를 해보는 것도 나쁘지 않을 것 같습니다. 소위 명품 브랜드들 속에서도 우리 제품이 돋보이도록 코디를 한다면 오히려 이미지를 끌어올리는 데 더 도움이 되지 않을까요?"

"고미경 씨……."

내 발표가 끝난 직후 왕 과장이 무언가 말을 하려는 순간, 드디어 올 게 왔구나 싶어 가슴이 뛰었다. 까짓 거 기획이 잘리더라도 실망할 필요 없어, 충격 완화를 위한 방어막을 일단 쳐두었다.

"고미경 씨가…… 그렇게 말을 잘했던가요? 이제 보니 아주 달변이야. 나 진심으로 감탄했어요."

내용에 상관없는 왕 과장의 엉뚱한 말에 다들 웃었다.

"일단은 고미경 씨 기획대로 갑시다. 듣고 보니 재미있을 것 같아요. 사보라고 꼭 자사 제품만으로 도배하라는 법은 없지. 대신 이 기사에 대한 책임은 고미경 씨에게 있다는 걸 잊지 마세요."

왕 과장이 일찌감치 발을 빼는 걸 보니 어느 정도 위험한 기획이긴 한가 보다. 뭐, 상관없다. 감각 하나로는 결코 남에게 뒤지지 않는 왕 과장에게 그만큼이라도 인정을 받았으니 그걸로 됐다.

회의실에서 나와 화장실에서 손을 씻다가 본 거울 속의 내가 문득 낯설어 보였다.

'내가 말을 잘한다?'

사람들은 내가 말주변이 없는 것으로 안다. 스스로도 늘 그렇게 생각했었다. 나는 어찌된 일인지 사람들 속에 있으면 입을 잘 열지 못한다. 말을 하다 보면 내가 혹시 이치에 닿지 않는 말을 하고 있는 건 아닌지 생각해 보게 되고, 그렇게 우물쭈물하는 사이 다른 누군가가 사람들의 관심을 빼앗아 가버리기 일쑤다. 그러나 오늘의 나는 내가 생각해도 꽤 괜찮은 언변을 발휘했다. 혹시 나는 대화에는 서툴러도 연설에는 강한 인간일까?

내 속에는 내가 잘 모르던 말 잘하는 내가 들어 있을지도 모른다.

새로 생긴 지면을 꾸미는 건 다른 일보다 훨씬 많은 손길을 필요로 하는 것이었다. 디자인실을 드나들며 새로 나온 옷들을 꾸어 오는 것 정도는 쉽고 고상한 일이었다. 콧대 높은 명품 브랜드들은 일개 기업 사보 편집실에까지 돌아갈 신제품은 없다는 식이었고, 사진도 맘먹고 잘 찍으려 드니까 보통 시간을 많이 잡아먹는 게 아니었다. 그럼에도 불구하고 나는 전보다 더 여유롭게 살 수 있게 되었다. 그건 내가 마땅히 떠나야 할 것들로부터 떠났기 때문이었다.

우리 사보의 전반적인 기획을 검토하던 나는 내가 직접 해오던 작업 중 내가 잘할 수 있는 것만을 추려 냈다. 그리고 나머지 부분은 기획을 살짝 틀어 해당 분야 전문가에게 청탁을 할 수 있게 돌렸고, 사진의 상당 부분도 디자인사에 맡겼다. 의외로 실장도 대폭 늘어난 원고료에 대해 별말 없이 순순히 승인을 해주었다. 왜 나는 혼자서 눈치를 보며 필요한 부분에 대한 건의 사항조차 말 못하고 불만 가득한 얼굴로 있었던 것일까. 떠나야 할 것으로부터 떠나지 못하고 구시렁대기만 하는 건 얼마나 어리석은 일인지. 나는 이제 장 전무가 왜 내게 삶을 바꾸려면 '잘 떠나는 법'을 배우라고 강조하는지 어렴풋하게나마 알 것 같았다.

이전의 나는 사람들이 원하지 않는 상황 안에 머물러 있는 이유가 대부분 '어쩔 수 없기 때문'이라고만 생각했다. 마찬가지로 나도 어쩔 수 없기 때문에 모순과 불만으로 가득한 세상에 살고 있다고만 여겼다. 내가 떠나지 못할 불가항력의 이유는 천 가지도 찾아내 말할 수 있었다. 그런데 알고 보니 사람들이 어딘가에 머무는 건 대부분 떠나기를 원하지 않거나, 덜 원하기 때문이었다. 떠나기를 시도하는 순간 겪는 것들, 이를테면 이제까지 속해 있는 공간과 상황 안에서 자신을 변화시켜야 하는 부담감이나 긴장감 같은 것을 견뎌낼 의지가 없기 때문이다.

나 역시 실장이나 왕 과장에게 불편한 말을 꺼내기가 싫어 내가 감당 못할 상황을 그냥 견디고 있었던 것이다. 내가 죽을 것 같은 표정으로 일하고 있으면 그들이 저절로 내 힘든 상황을 알아주고 잘못된 것을 고쳐 주길 기대하면서 말이다. 하지만 결과적으로 그들의 동정을 얻기는커녕 나만 불만 많고 무능력한 직원으로 찍히게 되었다. 스스로 박차고 떠나지 않는 이상, 누구도 나를 떠나게 할 수는 없는 것이었다!

떠나야 할 곳에서 과감히 떠나 선택한 일에만 집중할 수 있게 되자 일하는 것이 훨씬 수월해졌다. 심지어 재미있기까지 했다. 디자인실이나 백화점을 돌아다니며 주제에 어울리는 옷을 고르고 맞추어 보는 것이야 내가 평소 월급 통장에 구멍이 나더라도 미쳐서 하는 일이니 말할 것도 없고, 기사를 쓰는 일도 일필휘지로 술술 풀리는 것이었다. 때로는 써지는 대로 쓰다 보면 분량이 넘쳐 잘라 내야 할 때도 있었다.

한창 레이아웃 하는 데 정신을 쏟고 있을 때 그, 유빈에게서 전화가 걸려 왔다. 3년여 사귀는 동안 이런 종류의 휴지기가 몇 번 있었지만 그가 먼저 전화를 걸어 오는 건 처음이었다.

"나야……."

익숙한 그의 목소리가 들렸다. 일에 빠져 있던 요 며칠 신기할 정도로 잊고 있었던 그의 목소리를 듣자 반가움이 밀려왔다. 한동안 떠남에 집중해 있던 반작용일 수도 있으리라.

"그래……."

나는 어느새 컴퓨터 마우스에서 손을 떼고 있었다. 수화기로 빨려 들어갈 듯 통화에 집중하던 어느 순간, 머릿속에서 또 다른 그의 목소리가 들려왔다.

'넌 정말 짜증 나.'

나는 나도 모르게 세차게 머리를 흔들었다. 말이란 정말 이상한 것이어서 실제 가치가 어떻건 간에 액면 그대로의 의미가 화인(火印)으로 남는다. 그에게 그 말을 들었을 때 나는 '무조건' 짜증 나는 사람이 된 것이었고, 내게는 지금 스스로를 치유할 만한 능력이 없다.

전에 인터뷰했던 드라마 작가가 이런 말을 했었다.

"드라마를 쓸 때 불문율 중 하나가 첫 회에는 주인공이 아무리 억울한 처지에 놓여 있는 상황이라고 해도 머리카락을 꺼들리거나 따귀를 맞는 장면을 쓰지 않는다는 거예요. 이유야 어떻든 간에 시청자가 보기에는 주인공이 '그런 일을 당할 만한 사람'이 되기 때문에 주인공으로서 품위가 떨어지거든요."

마찬가지로 내가 짜증 나는 여자이고 아니고는 중요한 일이 아닐 수도 있다. 연인에게 그런 말을 들었다는 사실 자체가 내 하찮은 존재 가치를 말해 주는 것이니까. 그럼에도 불구하고 나는 내 존재 가치를 바닥까지 떨어뜨린 유빈과 결별할 생각이 전혀 없는 모양이다. 그동안 머릿속으로 수백 번 그와 헤어지는 게 옳다고 생각했지만, 지금 그의 전화를 받고 대책 없이 좋아하고 있으니 말이다. 이것이야말로 나의 카르마다. 아니면 나는 마조히스트일까?

"그동안 어떻게 지냈어?"

내가 좋아하는 그의 목소리, 반들반들한 초콜릿처럼 짙고 묵직하면서도 특유의 향기까지 있는 목소리가 진심으로 궁금해하는 듯 내 안부를 묻는다. 나는 어쩌면 영원히 그와 헤어지지 못할지도 모른다는 생각이 들었다.

그날 저녁, 요가 바지에 발가락 슬리퍼를 꿰신은 채령이 맥주를 사 들고 집에 왔다. 채령과 내 자취방은 한 블록 차이니까 그런 상황이 어색할 건 없었지만, 서로가 정신없이 바빴던 요 근래에는 좀처럼 서로의 집을 드나들지 못했었다. 눈치라곤 곰 같은 나도 채령에게 뭔가 하고 싶은 말이 있다는 것 정도는 짐작할 수 있었다.

맥주 한 캔씩을 비운 후, 불에 구운 오징어 몸통을 가로로 찢어 대며 채령이 말했다.

"전에 소개해 줬던 그 사람 있잖아. 네가 마음에 들었나 봐. 연락처 가르쳐 달라더라."

"그것 참 별일이네. 도배가 잘못된 집에 살고 있을 것 같다는 둥 하더니. 난 그 얘기가 나한테 관심 없다는 뜻인 줄 알았는데."

"그 사람이 원래 말을 그렇게 사유적으로 하나 봐. 근데 넌? 넌 맘에 들었어?"

"사람 괜찮더라. 상대방을 참 편안하게 해주는 성격인 것 같아. 그런데, 나 말이야……."

"그럼 사귀어!"

채령은 내 말을 끝까지 듣지도 않고 선언하듯 말했다. 그녀가 왜 그처럼 비장한 표정이었는지는 잠시 후에야 알게 되었다.

"나하고는 상관없이 둘이 마음에 들면 사귀는 거야. 알았지? 다른 건 생각할 거 없어."

"너 오늘 수상하다? 원장 씨하고 무슨 일 있는 거야?"

잠시 말이 없던 채령은 맥주 한 캔을 한 번에 들이붓더니 전말을 털어놓았다.

"우리 헤어졌어."

"뭐?!"

정말 알다가도 모를 일이었다. 채령과 김원장은 도무지 균열이라고는 보이지 않는 완벽한 커플이었다. 나와 유빈도 다시 연락이 된 마당에 그네들이 헤어질 이유가 대체 뭐란 말인가?

"얼마 전 백화점에서 화장품을 사다가 그 사람 이름으로 포인트 카드 만들어 둔 게 생각나서 적립하려고 조회를 해 봤거든. 거기 구매 이력이 뜨는데 최근에 화장품을 몇 번 샀더라고. 그건 20대 초중반 여자들이 주로 쓰는 메이크업 전문 브랜드니까 어머니 선물이었을 리는 없고, 그 사람한테는 여자 형제도 없는데. 그때부터 뭔가 느낌이 안 좋았어. 근데 어제 그 사람 차에서 고속도로 통행료 영수증을 보게 됐어. 야근 때문에 못 만난다고 했던 날 중부 고속도로를 탔었더라. 게다가 요즘에는 전화를 해도 빨리 안 받을 때가 많아졌고……. 최근 회사 여자 후배와 친하게 지낸다며 아무렇지도 않게 소개시켜 주고 하더니 아무래도 걔하고 감정이 생긴 것 같아. 본인은 아니라고 펄펄 뛰었지만. 어젯밤에 만나서 당신을 믿지 못하겠으니 헤어지자고 했어."

"네가 말한 걸 들어 보니까 원장 씨가 바람피웠다는 직접적인 증거는 하나도 없잖아. 그렇게 짐작만 가지고 헤어졌다가 후회하면 어쩌려고 그래?"

"오해 아냐. 내 경험에 의하면 적어도 그런 문제에 대해서는 여자들은 결코 오해를 하지 않아. 솔직히 나도 내 직감이 지긋지긋해. 때론 나도 좀 틀렸으면 좋겠다고. 근데 남자란 존재는 어쩜 그렇게 뻔하니?"

"너 은근히 비논리적인 데 있는 거 알아?"

"원래 사람들은 무의식적으로 자신이 믿고 싶지 않은 일을 암시하는 정보들을 무시하려는 경향이 있대. 여자들이 자기 남자의 배신을 의심할 정도쯤 되면 이미 무의식의 영역에 잡아 둘 수 없을 정도로 정보가 포화 상태에 이르렀다는 거지. 이게 영화나 드라마 얘기라면 충분히 오해일 수도 있어. 화장품 산 게 사실은 거래처 여직원 선물 때문이었다든지, 야근을 하려다가 갑자기 집 안 사정이 생겨서 지방으로 내려갔다든지 구구절절 사연이 있을 수도 있지. 심지어 여자와 모텔에서 나와도 오해일 뿐인 경우도 수두룩하잖아.

그런데 현실에선 아니야. 구체적인 상황까지 점칠 수야 없겠지만 상대방의 마음에 대해서만큼은 제대로 감 잡는 게 여자라고."

"그래도 다시 생각해 봐. 원장 씨하고 같이 지낸 시간이 있는데, 뭔가 확실히 증거라도 나온 다음에 헤어지는 게 낫지 않겠어?"

"증거를 얻겠다고 그 사람 변명을 들으면 들을수록 내 판단이 흐려질 거야. 아닌 줄 알면서도 그 사람 말을 믿고 싶어지겠지. 나쁜 남자와 쉽게 헤어지지 못하는 여자들이 항상 발목 잡히는 게 바로 이 대목이야. 하지만 난 달라."

채령은 목이 마른 듯 맥주를 다시 한 번 벌컥대고는 말을 이었다.

"결혼한 여자들은 이런 단계에서 자기 행동을 확실히 결정해야 한다더라. 만약 바람피운 남편을 용서하고 계속 같이 살 생각이 조금이라도 있으면 더 이상 파헤치지 말아야 한대. 막연히 바람을 피웠었구나 하고 짐작하는 거랑 증거를 눈으로 대하는 건 하늘과 땅 차이라서 상처 때문에 같이 살기가 힘들대. 반대로 이혼할 생각이면 끝까지 파헤치라더라. 왜냐면 상대의 외도를 증명해야 위자료를 받을 수 있으

니까. 나는 결혼하지 않았으니까 상처도 안 받고 같이 살지
도 않는 걸 선택할래."

나는 채령의 말이 전부 궤변이라고 생각했다. 그러면서도
한편으로는 확신이 가는 일에 그처럼 단호히 결단을 내리고
단숨에 행동으로 옮겨 버리는 채령이 부럽기도 했다. 내 주
변에 잘 떠날 줄 아는 사람을 한 사람 꼽으라면 당연히 채
령일 것이다.

이달 들어 뭔가 내 의지가 들어간 사보를 만들겠다고 결
심을 하고 나자 이전 사보에서 못마땅한 점이 끝도 없이 눈
에 띄기 시작했다. 요 며칠 내가 바짝 신경을 쓰고 있는 것
은 카툰이었다. 아무리 봐도 이전에 연재를 하던 작가의 작
품은 너무 아마추어적이었다. 그도 그럴 것이 그 작가는 우
리 회사 홍 이사의 미술 공부하는 딸이었다. 다시 말해 '진
짜' 아마추어였던 것이다.

제대로 된 작가를 찾아 인터넷과 만화 잡지를 뒤적인 끝
에 '푸딩맨'이라는 필명의 인터넷 만화가를 발견했다. 그림
풍과 내용이 꼭 마음에 들지만 내가 잘 모르는 작가라 만만
한 사람인 줄로만 알았더니 하필 요즘 한창 뜨고 있는 작가

란다. 그래도 혹시 하는 마음에 연락처를 입수해 전화를 걸어 보았다.

"어쩌지요? 제가 연재하는 곳이 많아서 곤란한데요."

수화기 너머에서 역시 예상했던 답변이 들려왔다. 거절의 말은 언제나 당혹스럽고 자존심 상한다. 순간 나는 언제나 거절할 준비가 되어 있는 사람들만 상대하는 모든 텔레마케터와 기자들이 세상에서 가장 위대하게 느껴졌다. 아마 예전의 나라면 이쯤에서 재빨리 포기하고 전화를 끊었을 것이다. 그런데 이번에는 어쩐지 전과 다르게 해보고 싶었다.

"물론 바쁘시겠지요. 그럴 거 알면서도 연락드려 본 거예요. 저희가 이번에 대대적으로 사보 개편이 있어서 수준을 높이려고 하는데 제가 개인적으로 선생님 만화를 너무 좋아하거든요. 선생님이 연재해 주시면 우리 사보 수준이 업그레이드될 것 같아요. 한 번만 더 생각해 주실 수 없을까요?"

앳된 목소리의 젊은 만화가는 매정하게 뿌리치지 못하고 "그러세요? 음……." 하는 말만 되풀이했다. 의미 없는 말로 시간을 끄는 걸로 보아 뭔가 생각을 하고 있는 것이다.

"그럼 네 컷짜리로 해볼게요. 매일도 연재를 하는데 한 달에 한 번 정도는 어떻게 될 것도 같아요."

고맙다는 말끝에 전화를 끊어 놓고, 나는 커피 스무 잔을 한꺼번에 들이켠 것처럼 가슴이 뛰었다. 어쭙잖은 석세스 스토리 드라마가 아닌 현실에서도 안 될 것 같은 일이 되기는 하는구나! 별것 아니라면 별것 아닌 일이지만 나로서는 실로 오랜만에 느껴 본 성취감 비슷한 것이었다.

내가 푸딩맨의 만화를 인터넷에서 출력해 홍보실 직원들한테 보여 주자 다들 반응이 좋았다.

"어? 나 이 만화가 알아! 이 사람 진짜 고미경 씨가 섭외한 거예요?"

"그림 좋네요. 내용도 재밌고."

"이야, 우리 사보 때깔이 달라지겠는데?"

왕 과장의 반응도 나쁘지 않았다.

"미경 씨가 이참에 아주 사보를 갈아엎을 모양이네? 의욕적이고 보기 좋아. 이왕 할 거면 열정적으로 열심히 하는 게 좋지."

홍보실 사람들의 지지를 등에 업고 순항하고 있던 내 사보 개편 의지가 암초를 만난 건 실장의 책상 앞에서였다.

"그냥 예전대로 갑시다."

머리를 야구방망이나 해머 같은 것으로 한 대 얻어맞은 것 같았다. 아니, 대체 왜?

"이런 유명 작가들이 어디 오래 연재하려고 하겠어요? 중간에 바빠서 못하겠다, 그만둔다 하면 그때 가서 어쩔 거예요?"

"하지만 실장님, 이미 6개월 고정 연재로 약속을 받아 두었습니다. 만에 하나 약속을 깰지도 모른다는 의심 때문에 유명 작가 고용을 기피할 필요는 없다고 생각합니다. 만화 하나로 사보의 격이 달라질 텐데 해볼 만하지 않을까요?"

무표정한 얼굴로 대답만 하던 실장이 갑자기 감정을 실어 엉뚱한 말을 하기 시작했다.

"꼭 그 이유 때문만은 아니에요. 사보라는 게 광고지도 아니고 직원이나 고객들에게 연결 통로만 되면 되는 거지, 무슨 유명 작가를 끌어들여서 멋을 내려는 겁니까? 이러면 홍보실에서 쓸 데 없는 일에 예산을 낭비한다는 말만 듣는다고요. 사실 그 작가한테 이전 작가보다 많은 원고료를 줘야 하는 건 사실 아닙니까?"

나는 실장 역시 자기 말이 말도 안 된다는 걸 모르지 않을 거라는 생각이 들었다. 고지식하고도 서툰 아부꾼일 뿐 바보는 아니니 말이다. 그는 보나마나 홍 이사 눈치를 보는 것일 테다. 사실 홍 이사 딸도 1년이 넘게 연재를 해왔었고 그만하면 개편을 이유로 작가를 교체하는 것이 비위를 건드릴 일은 아니었다. 홍 이사 자신한테도 아무렇지도 않을 일을 쓸 데 없이 '알아서 기려는' 실장의 알량한 속셈이 눈에 보여 속에서 열이 끓어올랐다.

"오늘 점심, 냉면 어떠세요? 살얼음 동동 떠있는 걸로요."

좀처럼 점심 메뉴를 제안하는 일이 없는 내가 벌겋게 달아오른 얼굴로 외치자 옆자리 직원이 얼떨결에 동조했다.

"냉면 좋지."

다들 냉면을 먹으려 일어서려는데 누군가가 말했다.

"그런데…… 냉면 하는 집이 있을까? 지금 12월이잖아."

짧은 동안 활활 타올랐던 내 안의 불은 이제 불씨만이 겨우 살아 깜박거리는 중이었다. 장 전무의 말처럼 답답한 삶을 훌훌 털고 떠나고 싶었는데 그게 지리산 입산하려는 도인이 아닌, 빌딩 숲에 묻혀 사는 평범한 처녀에게도 해당 사항 있는 이야기인지 의문이 생겼다. 어쩌면 그건 상식과 능

력을 갖춘 상사들만 모시는 억세게 운 좋은 직장인에게만
가능한 일이겠다 싶었다. 꽉 막힌 직속 상사란 길을 가로막
는 벽과 같은 존재여서 말도 통하지 않고, 뛰어넘을 수도 없
고, 부술 수도 없다. 그런 상사에게서 벗어나는 길은 오직
하나 벽이 없는 곳으로 가버리는 것뿐이다. 이번 일을 계기
로 내가 그동안 왜 그렇게 무력하고 힘겹게 일을 하고 있었
는지가 기억나 버리고 말았다.

나도 처음 이 회사로 옮겨 사보 업무를 맡았을 때는 나름
대로 의지가 넘쳤었다. 그러나 하는 일마다 트집을 잡고 잘
한 일에는 칭찬 한마디 없는 실장과, 좋은 아이디어는 모조
리 자신의 공으로 가로채며 은근히 사람 속을 긁는 왕 과장
에 실망하기를 반복하면서 지쳐 버리고 만 것이었다. 그들
이 있는 한 내가 이 회사의 테두리 안에서 떠나는 일은 불가
능할지도 모른다는 생각이 들었다.

힘들게 섭외한 푸딩맨에게 대체 뭐라고 이야기를 해야 하
나 책상에 머리를 박고 괴로워하던 중 전화가 한 통 걸려
왔다.

"나야, 하영이. 계집애, 왜 또 그렇게 다 죽어 가는 목소린
데?"

상대를 무시하는 듯한 하영 특유의 말투에 신경이 곤두섰
다. 이번에야말로 처음으로 '나도 성질 있다는 걸 보여 주
자.' 싶어 뭔가 독한 말을 생각하고 있는데 그만 이야기할
타이밍을 놓쳐 버렸다. 그새 하영이 귀가 솔깃한 말을 해버
린 것이다.

"나 아는 오빠가 동호 패션 다니는데 홍보실에 티오가 났
대. 내가 이직 생각하는 친구가 하나 있다고 했더니 이력서
한번 보내 보라고 하더라. 그렇게 큰 회사는 아니지만 연봉
은 지금 받는 것보다 많이 부를 수 있을 것 같아. 어때, 관심
있어?"

이 마당에 당연히 관심이 있지.

"어머, 그래? 동호 패션이라면 나도 알지. 넌 참 발도 넓다.
어쨌든 고마워."

좀 전 전화를 받을 때 짜증스러웠던 감정은 어디로 사라
지고 나는 상냥하게 하영의 비위를 맞추고 있었다.

"생각해 줘서 고맙다. 다음에 한턱 쏠게."

"고마운 줄 아니까 고맙단 말 좀 작작해. 그나저나 네 주
변머리에 잘될까 걱정은 걱정이다."

하영이 제멋대로 툭 전화를 끊고 나자 핸드폰을 꺼어 버

리고 싶은 충동이 느껴졌다. 하영과 이야기할 때면 언제나 나는 그 애 눈치를 보며 방어적으로 대화하게 된다. 그러면서도 다른 한편으로는 언제나 활발한 하영 덕에 사교 모임에 끼고 일자리를 소개받는다. 신세진다는 느낌이면서도 늘 피해를 보는 것 같은 이 지저분한 기분은 대체 뭘까?

어쨌건 나는 때에 꼭 맞추어 들어온 일자리 제안에 뿌리째 흔들리고 있었다. 어쩌면 이건 변하기 위해 노력하는 내게 하늘이 주신 기회일지도 모른다!

이제 나는 장 전무와의 인터뷰를 손꼽아 기다리고 있었다. 처음엔 그녀의 기대에 부응하지 못할까 봐 두려웠지만 지금은 남의 평가에 연연할 여유가 없다. '떠남'을 결심한 이후 이전과는 다른 방향으로 돌고 있는 이 지구 위에서 내가 어떻게 균형을 잡아야 할지 알려 줄 수 있는 사람은 그녀뿐이다.

"이번 달 인터뷰의 주제는 이거예요."

반갑게 나를 맞은 장미경 전무가 요점을 정리한 서류를 건네주었다.

'떠나기 위해 떠나지 말 것'

이 역설은 뭘까? 내가 말 한마디 없이 종이를 태울 듯이 쏘아보고 있자 장미경 전무가 입을 열었다.

"무슨 말인지 빨리 이해가 안 가지요? 하지만 이건 떠나는 데 있어서 가장 범하기 쉬운 오류이면서 또 가장 명심해야 할 항목이기도 해요."

때마침 비서가 내온 원두커피를 들면서 장 전무는 노곤한 표정으로 다시 말을 꺼냈다.

"꽤 오래전 일이에요. 미용실 가서 머리를 자르고 나왔다가 기절할 뻔한 적이 있어요. 몇 달째 미용실에 가지 못해서 덥수룩해진 머리를 깔끔하게 다듬고 싶어서 미용사한테 그렇게 이야기를 했지요. 그런데 자르고 난 걸 보니 내 얼굴형에 맞지도 않는 바가지 단발머리를 해놓은 거예요. 그 즈음 바가지 모양 단발머리가 유행이었거든요. 지금 생각해 보면 영화에 나오는 '사탄의 인형'의 시니어 버전 정도였던 것 같아요. 적어도 기분만으로는 내 인생 최대의 재앙이었죠. 머리가 자랄 때까지 족히 3개월은 기다려야 했으니까요."

나는 왜 그녀가 머리 이야기를 하는 줄은 알 수 없었지만 그녀가 처했던 상황의 아픔은 충분히 공감할 수 있었다. 나 또한 몇 년 전 '아멜리에'의 헤어 스타일을 주문했다가 역시 '사탄의 인형'이 된 아픔을 경험했던 것이다.

"외출하기도 싫었고 사업상 사람들을 만날 때도 주눅이 들었죠. 나는 그 잘한다는 미용실에서 어떻게 이런 꼴이 되어 나왔을까를 되짚어 보기 시작했어요. 그쪽의 실수가 명백하면 손해 배상 청구라도 할 요량으로요. 그런데 곰곰 생각해 보니 그쪽에서 크게 잘못한 게 없더라고요. 요즘 영화배우 아무개가 하는 것처럼 해주마고 해서 그러라고 했고, 또 앞머리를 뱅으로 자르겠냐고 해서 그러라고 했거든요. 가만 보니 머리는 정말 그 배우랑 똑같더라고요. 문제는 내 얼굴에 그 머리가 절대 어울리지 않는다는 거였고, 난 그것도 모른 채 생각 없이 내 머리를 맡겼다는 거죠.

미경 씨는 헤어 스타일을 바꿀 때 실패를 많이 하는 편인가요?"

"아뇨. 실패할 때가 아예 없는 건 아니지만 거의 만족하는 편입니다."

"그렇다면 미경 씨도 잘 떠나는 일에 어느 정도 소질이 있는 거예요. 머리를 바꿀 때 미경 씨는 어느 부분을 어떻게 자르거나 펌을 해서 어떤 분위기를 낼 것인지 목표가 분명할 거예요. 가장 비슷한 모양을 한 배우의 사진을 잡지에서 오려 가기도 할 테고요. 아마 지금 하고 있는 머리 모양이 지겹다는 충동 하나로 무작정 미용실로 달려가는 짓은 하지 않을 거예요."

그녀의 말은 정확했다. 난 적어도 한 달은 고민한 다음에야 미용실을 찾는 편이다. 여자들이 스트레스를 받으면 머리 모양을 바꾼다고 하지만, 난 머리만큼은 섣불리 손대지 않는다. 대개 나는 그러한 충동을 가방을 사는 데 돌리고 만다.

"떠나는 일도 마찬가지예요. 다만 지금 있는 자리가 지긋지긋해서, 벗어나고 싶어서 여행을 떠난다면 여행지에 도착해도 공허한 기분을 지울 수가 없지요. 이 세상 어디에도 막연히 떠나 온 나의 막연한 이상을 채워 줄 완벽한 낙원은 없거든요. 한 달씩 여행을 다녀와 놓고서는 '돌아와 보니 달라진 게 하나도 없네.'라고 푸념하는 사람들, '가보니 볼 거 하나도 없더라.' 하고 말하는 사람들이 바로 떠나는 일 자체에 의의를 두고 떠난 사람들이기 쉬워요. 우리가 보통 '훌쩍 떠난다.'고 표현하는 여행의 상당 부분이 실은 진정한 여행이 아니라 도피인 셈이죠.

보통 사람들이 생각하는 것과는 다르게, 우리가 우리 삶에서 후회 없이 떠나기 좋은 때는 현재 가지고 있는 것에 어느 정도 감사할 수 있을 때예요. '지금도 좋지만, 내가 진짜 원하는 건 저기 있기 때문에 갈 거야.'라고 말할 수 있을 정도여야 한단 이야기죠. 지금 머물고 있는 곳이 너무나 싫을 때는 다음 갈 곳에 대한 판단력이 흐려지기 때문에 웬만하면 움직이지 않는 게 좋아요.

요즘 입사하는 신입 사원들은 아주 똑똑하고 자의식도 강해요. 하지만 입사한 지 한 달도 안 되어서는 '선배들 커피나 타주려고 입사한 게 아니다.' 하면서 그만두는 사람들이 꽤 있지요. 그들을 볼 때마다 난 안타까워요. 일을 배우는 신입 사원이 커피 타는 것과 복사하는 것 말고 할 줄 아는 게 뭐가 있겠어요. 사실 상황에 따라 커피 잘 타서 동료들에게 대접할 줄 아는 사람이 바이어와 협상도 잘하고, 복사 잘하는 사람이 기획안도 잘 짜더군요. 떠남을 위한 떠남이 습관으로 굳어진 사람들은 영원히 잘하게 될 수 없는 것들이죠.

미경 씨, 우리가 떠나는 건 떠나기 위해서가 아니라 결국

도착하기 위해서라는 걸 잊지 말아야 해요. 그래서 떠날 때
는 항상 나 자신이 지금 떠나기 위해 떠나는가, 아니면 목적
지에 도착하기 위해 떠나고 있는가를 돌아봐야 해요."

장 전무의 마지막 말에 가슴이 베인 듯 아려 왔다. 당장
동호 패션에 이력서를 내고 가능하기만 하다면 그쪽으로 옮
기겠다 생각하고 있던 나는 그 순간, 엄중하게 나 자신에게
물을 수밖에 없었다. 나는 정말 동호 패션이 좋아서 가려고
하는가, 아니면 내 상사들이 싫어서 그들에게서 벗어나고
싶을 뿐인가.

반드시 '도착할 곳'에 대한 목표 의식이 전제되어야만 한
다면 나는 떠날 자격이 없었다.

"만약 미경 씨가 무언가 떠나기를 시도하고 있었다면 지
금쯤 벽에 부딪혔을 수도 있을 거예요. 떠난다는 게 순간적
인 행위를 뜻하는 단어이지만, 잘 떠나기 위해서는 꾸준한
노력이 필요하거든요.

이전의 모습으로부터 떠난 미경 씨를 주변에서 믿지 못할
수도 있어요. 그 불신 때문에 떠났다가 이전의 모습으로 다
시 돌아오는 사람들도 많이 봤고요. 하지만 변화된 모습을
계속 보여 주면 주변에서도 인정을 하기 시작하지요. 천천

히, 서두르지 않고 발걸음을 옮기다 보면 정말로 떠날 수 있게 돼요. 그 고비를 넘기지 못하면 몇 발자국 가지도 못하고 다시 돌아오게 되지요. 마치 의미 없이 진자 운동을 반복하는 시계추처럼요."

그렇다면 실장이 내 일을 막아서는 것도 나를 믿지 못해서란 말인가? 변화된 내 모습이 오히려 일을 그르칠까 봐 불안해서?

성공한 기업가들이 다닌다는 경영자 대학원에서는 독심술도 필수 과목으로 이수하는 게 틀림없다······라고 차라리 믿고 싶었다. 하지만 내 안을 들여다보듯이 말하는 장 전무는 아마도 나 같은 햇병아리들이 같은 과정을 겪으며 진정한 떠남에서 도태되는 모습을 숱하게 지켜보았던 것이리라. 나 역시 그들처럼 뻔하디 뻔한 실패의 수순을 밟아 나가고 있는 것이 아닐까 불안해졌다.

채령이 김원장과 헤어진 지 일주일도 안 된 어느 날, 나는 강남 역 근처에서 채령의 '지긋지긋한' 직감이 이번에도 들어맞았다는 걸 확인했다. 김원장이 웬 여자와 팔짱을 끼고 희희낙락 걷고 있었던 것이다.

채령은 여자들은 누구나 진실을 알고 있다고 했다. 다만 진실을 모른 척할 뿐이라고. 나는 대체 어떤 진실을 무시하고 있으며, 또 어떤 위험한 진실을 믿으며 살고 있는 걸까.

"좋은 일 있으니 빨리 나와 봐. 단정하게 옷 입고."

하영이 잔뜩 거드름을 피우며 불러낸 자리에는 동호 패션 홍보실에 있다는 그녀의 '아는 오빠'가 나와 있었다. 지독히 마르고 창백한 얼굴을 하고 앞머리에 젤을 잔뜩 발라 넘긴 30대 초반 정도의 남자였다. 은빛 광택이 도는 재킷 안에 단추를 세 개나 푼 블랙 셔츠를 받쳐 입은 그는 뭣 모르는 사람이 대충 봐도 '힘주어 차려입는' 유형의 사람으로 보일 법했다.

"하영이한테 얘기 많이 들었어요. 지금 세진 어패럴에 계신다고요? 그 좋은 회사에서 왜 나오려고 해요?"

첫 대면에 지나치게 허물없이 말을 하는 그의 모습이 어딘지 기묘한 느낌을 준다 싶었는데 가만히 보니 입술이 빨갛게 빛나고 있다. 대관절 마누라 립글로스라도 훔쳐서 바르고 온 걸까? 어쩐지 체리향이 날 것만 같다.

"아, 예……. 동호 패션도 좋은 회사죠."

"우리 회사는 규모가 큰 편이 아니어서 아주 가족적인 분위기죠. 그래서 부서별로 서로 도와주기도 하고 홍보실 직원들도 가끔 디자인실 가서 피팅 모델도 해주고 그래요. 아, 미경 씨는 키가 좀 작아서 피팅 모델은 못하겠네요. 160센티미터 안 되죠?"

저 좁은 이마와 말라빠진 가슴에는 매너라는 게 들어갈 만한 공간이 없나 보다.

"얘가 몸매만 좀 됐어도 굉장히 보기 좋았을 거예요. 내가 봐도 옷 입는 감각이 좀 있거든요."

하영이 한 술 더 뜬다. 나는 대화가 산으로 가는 것을 막기 위해 재빨리 나섰다.

"딱…… 160이에요. 피팅 모델 할 몸은 아니죠. 그런데 남자 직원들도 피팅을 시키나요? 과장님도 가끔 피팅 모델 하세요?"

"요즘은 남자들도 스키니한 몸이 대세라서 그런지 꽤 자주 찾더라고요. 그걸 실제로도 느끼는 게, 밖에서도 가끔 추파를 던지는 여자들이 있어요. 그러다가 내가 결혼 반지 낀 손을 보여 주면 딱 실망한 눈치가 보이는데……."

내 키에서 화제를 돌리려고 말을 꺼냈다가 엉뚱한 봉변을 당하고 말았다. 그로부터 30분 동안 허리가 28인치밖에 안 되는 립글로스 바른 남자의 환장할 나르시시즘에 빠져 물고문을 당해야 했다. 대체 입바른 말 잘한다고 자부하는 하영은 왜 그 재치 있는 독설로 저 남자의 입을 틀어막지 않는지 알 수가 없었다.

그때 핸드폰이 울렸다. 유빈이었다. 절벽 끝에서 동아줄이라도 내려 받은 심정으로 냉큼 전화를 받았다.

"지금 시간 있어? 만날래?"

"어쩌지? 지금 중요한 약속 때문에 누구 만나고 있는데……."

"그럼 할 수 없지 뭐. 나중에 보자."

"뭐라고? 그럼 어쩔 수 없지! 지금 당장 갈게."

"???"

다급한 제스처로 전화를 끊고 난 나는 심각하면서도 미안한 얼굴로 말했다.

"친구가 사고를 당했다고 해서 가봐야 할 것 같아요. 오늘 시간 내주셔서 정말 감사합니다."

"얘, 어렵게 시간 내줬는데, 너 너무 매너 없다."

"미안해. 친구가 사고를 당했다는데 그럼 어떻게 해? 이 과장님 죄송합니다. 급한 일이라 저도 어쩔 수가 없네요. 오늘 좋은 말씀 많이 들었습니다. 다음에 제가 따로 연락드릴 게요."

어리둥절해 있는 두 사람을 뒤로한 채 하이힐이 부러져라 잰걸음으로 찻집에서 빠져나온 나는, 마치 영화 「유주얼 서스펙트」의 카이저 소제처럼 걸음걸이를 바꾸어 유유히 거리를 걷고 있었다. 괜히 웃음이 비슬비슬 새어 나왔다.

난 그 갑작스러운 회동을 통해 내가 떠나기 위해 떠나려 했음을 분명히 깨달았다. 그리고 그게 잘못된 것이라는 확신을 얻었다. 내가 내 자리에서 떠나려던 이유는 겉으로는 장황해 보이지만 따지고 보면 사람 때문이었다. 나를 가로막는 실장, 겉으로는 마냥 좋아 보이지만 내가 공을 세우는 것을 기다렸다가 언제든 가로챌 준비를 하고 있는 왕 과장. 그들과 오십보백보인 홍보실 직원들. 그러나 방금 내가 만난 사람보다는 그나마 그들이 참아 줄 만하다. 적어도 그들은 5분 간격으로 구토를 유발하지는 않으니까. 내가 지금 할 일은 내 마음에 들지 않는 상사를 찾아 떠나는 게 아니다. 마음에 들지 않는 사람이란 어디에든 있게 마련이니까.(생각해 보니 가족조차 못마땅할 때가 많지 않던가.) 나를 스트레스 받지 않게 하고 일에만 집중할 수 있도록 지원해 주는 사람만 모여 있는 회사를 찾다가는 평생 수배범처럼 온 세상 직장을 옮겨 다녀야 할 것이다. 다음 직장에서 누구를 만나도 지금보다는 나을 것이라는 생각은 '천만의 말씀'인 내 착각이었다.

지금 내 앞의 문제는 장 전무의 말대로 내가 떠나려는 목적지를 분명히 하는 것이다. 어떤 희한한 상사를 만나더라도 결코 포기하고 싶지 않을 나만의 목적지 말이다. 이 과장이라는 사람의 자기 자랑 사이로 조금씩 분위기를 엿볼 수 있었던 동호 패션 역시 '내가 꼭 가야 할 목적지'는 아니었다. 그렇다면 나는 어떤 곳으로 떠나고 싶어 한단 말인가?

나라는 여행자는 지금 자신이 어디로 가고 싶어 하는지조차 모른 채 비행기표부터 끊으려고 하던 참이었다.

둘이 있던 장소에서 중간쯤 되는 명동 지하철역 앞에서 만난 유빈은 나를 보자마자 다시 지하철역 안으로 내려가려고 했다.

"어디 가려고? 여기 카페 많잖아."

내 말에 유빈은 별 말을 다 한다는 표정을 지어 보였다.

"너희 집 가는 거 아니었어? 늘 그랬잖아."

그러고 보니 언젠가부터 우리는 함께일 때면 늘 내 방에 있었다. 그러나 오늘만큼은 그 자체로 어두워진 밤거리의 거대한 조명이 되어 주는 크고 작은 카페들, 그 안에서 웃고 있는 저 사람들 속에 섞이고 싶었다.

"맛있는 커피 마시고 싶어. 저기 들어가자."

"난 싫은데……. 집이 편하고 좋잖아. 커피는 집에 사 들고 가자."

"오늘만…… 오늘은 그러고 싶어."

하지만 결국 커피와 그가 마시고 싶다는 맥주를 사 들고 집에 들어와 버렸다.

신경 써서 차려입은 원피스와 코트를 벗어 놓고 헐렁한 옷으로 갈아입은 나는, 그 시간까지 저녁도 안 먹었다는 그를 위해 라면을 끓였다. 싱크대에 붙어 있는 간이 식탁에 앉아 지난달 잡지를 깐 냄비에 얼굴을 묻고 라면을 먹는 그의 모습을 바라보며 나는 다 식어 빠진 커피를 마셨다.

저 모습을 보며 행복하다고 느낀 적이 있었다. 사랑이란 서로가 편안해야 하는 것이라고 생각했었다. '편해서' 만난 지 백 일, 천 일 기념일 모두 간단하게 선물 없이 밥 한 끼로

때우자고 했고, '편해서' 그가 좀 소홀한 듯싶어도 불만 한 마디 말하지 않았다. '편해서' 항상 데이트 비용은 직장인인 내가 부담했으며, '편해서' 사랑한다는 말도 생략한 채 지냈었다. 그런데 이제 와 돌이켜 보니 편안함이 곧 행복과 연결된다는 그릇된 믿음을 내게 가르쳐 준 사람은 아무도 없었다. 어쩌면 우리가 편하다고 생각하는 많은 것들이 실은 정말로 편한 것이 아닐지도 모른다. 이전에 유빈이 나와 사귀기 전 캠퍼스 커플로 지내던 여자 아이는 변덕스럽고 까다로워서 유빈을 피곤하게 만드는 성격이었다. 그런데도 그 애를 만나던 동안의 유빈은 생기에 넘치고 빛이 났다. 내가 결코 편하지만은 않은 하이힐이나 미니스커트, 꼭 끼는 청바지를 입었을 때 마음이 편한 것처럼 그도 불편한 사랑에서 오히려 편하고 행복했는지도 모른다.

식사를 끝낸 유빈이 텔레비전을 켜고 내 곁에 앉았다. 오락 프로그램 속의 개그맨들을 보고 키들거리던 그가 어느새 내 몸을 더듬고 있었다. 여전히 텔레비전에서 눈을 떼지 않은 채였다. 바짝 붙은 그의 몸에서 라면 냄새가 났다. 배를 채우고 텔레비전을 보며 심심해진 그가 땅콩이나 팝콘처럼 나를 찾고 있다는 생각이 들었다. 나는 그의 손을 떼어 내며 말했다.

"오늘은 그만 가라. 너무 피곤해서 일찍 자고 싶어."

주섬주섬 겉옷을 걸쳐 입고 나서 그가 풀어진 운동화 끈을 매며 말했다.

"너, 어쩐지 변한 것 같아."

여자, 거침없이 떠나라 _____ 4

재미가 아닌
기쁨을 좇아라

삶에서
너무 많은 것을
기대하지 마세요.
1퍼센트만 찾아내고
그걸 누릴 수만 있다면
잘해 내는 거예요.

요사이 내게는 수많은 기적들이 일어나고 있었다.

그중 첫 번째 기적은 사보에 만화를 연재하던 홍 이사 딸이 유학을 가게 되어 푸딩맨의 만화를 연재할 수 있게 된 것이었다. 이 시대에 '웬만큼 있는 집' 예술 한다는 따님이 유학을 간다는 게 새삼스러울 일은 아니지만, 삼고초려해 모셔 온 푸딩맨을 내 손으로 내쳐야 하는 상황에 밤잠을 못 자던 나로서는 홍해가 갈라진 것에 버금가는 기적이 아닐 수 없었다. 푸딩맨의 카툰이 실려 나온 따끈한 사보를 인쇄소에서 처음 받아 보고 나는 거의 울 뻔했다.

두 번째 기적은 내가 생애 처음으로 남자 둘을 한꺼번에 만나게 된 것이었다. '하자 없는' 남자인 우영기가 '자기 친구의 헤어진 여자 친구의 친구'라는 불편한 관계를 불사하고라도 날 만나고 싶어 했던 것이다. 우리는 그동안 한 번을 더 만났고, 그는 매일 전화를 하거나 문자를 보내고 있다. 그리고 나는 아직은 유빈을 사랑하고 있다.

세 번째는 정말 다시 일어나지 않을 수도 있는 일인데, 내가 말로만 듣던 '헌팅'이라는 것을 당했다는 사실이다. 카페에서 혼자 커피를 마시던 내게 한 남자가 다가와 연락처를 알 수 없겠냐며 말을 걸어왔다. 나는 '좋게 봐줘서 고맙지만 남자 친구가 있다.'고 진부한 대답을 했으나, 그 '고맙다'는 말은 순정한 진심이었다. 이 일은 먼 훗날 손자에게 '할머니도 젊었을 때는 모르는 남자가 말을 걸 정도로 예뻤었지.'라고 양심에 거리낌 없이 말할 빌미가 되어 줄 것이다.

네 번째 기적은 내가 사보에 올렸던 패션 칼럼이 인터넷을 통해 퍼져 대대적인 인기를 끌게 되었다는 것이다. 덕분에 칼럼에 실렸던 우리 회사 신제품들이 불티나게 팔려 몇 차례나 리오더 되다 품절이 됐고, 몇몇 명품 브랜드에서는 촬영에 쓸 소품을 빌려 주겠다는 전화까지 걸려 왔다. 칼럼의 출처가 우리 사보라는 것이 알려지면서는 사보 협회의 몇몇 지인들에게서 축하한다는 안부 전화까지 받았다.

그 밖에도 일어난 기적은 많다. 우리 회사 제품의 직원 할인율이 5퍼센트 높아져서 신제품을 더 싸게 살 수 있게 되었다는 것. 내가 별다른 노력 없이 1.5킬로그램이나 살을 뺐다는 것. 공중화장실에서 만 원짜리 지폐를 주운 것 등등…….

이 모든 것들은 내 인생에서의 '떠남'이 성공을 했고 앞으로 내 인생에 햇살이 비칠 거라는 분명한 증거들 같았다. 그럼에도 불구하고 나는 기대만큼 행복하지 않았다. 기적이 일어날 때마다 그 기쁨은 20분 이상 지속되지 않았고, 하루가 지나면 완전히 잊혀졌다. 이상하고도 이상한 일이었다.

내 삶에서 '떠남'의 부작용을 겪으며 조금씩 알아 갈 때는 활기가 넘쳤었는데 오히려 비교적 능숙하게 기류를 타고 있는 요즘 약간이지만 우울 증세까지 겪고 있다. 나는 생각할 시간이 너무 많아진 것은 아닌가? 어쩌면 사람은 생각을 할 수 없을 정도로 바빠야 행복을 느끼는 것이 아닐까? 인생의 이 지점에서 삶을 즐겼다는 가시적인 증거가 필요했기에 나는 잡히는 대로 약속을 잡기 시작했다.

오늘 대학 동기 모임에서는 나도 상당 부분 대화에 낄 수가 있었다. 어느 포털 사이트의 인기 게시물 코너에서 내 칼럼을 봤다는 친구가 두 명이나 있었기 때문이다.

"그거 정말 너 혼자 코디하고 촬영하고 기사 쓰고 다 한 거야? 요즘 패션이나 코디 관련 카페에 네 기사가 게시물로 올라오지 않은 곳이 없을 정도야."

"와, 그 정도야? 고미경이 우리 동기 중에 제일 먼저 유명해진 사람인 거네?"

"어쩐지 미경이 은근히 옷 정말 잘 입는다 싶었어. 앞으로 쇼핑 갈 때 애 납치해서라도 데려가야겠다."

여럿이 모인 자리에서 화제의 중심이 되는 건 썩 기분 좋은 일이었다. 더구나 나처럼 이전에 그래 보지 못한 사람에게는 더욱더. 그러나 구름 위에 붕 뜬 기분은 오래가지 못했다. 뒤늦게 하영이 들어오면서 화제를 완전히 바꾸어 버린 것이었다. 하영은 우리가 나누고 있던 이야기를 듣고서도 마치 아예 듣지 못한 것처럼 전혀 다른 이야기를 늘어놓기 시작했다.

주제는 내가 전혀 아는 바 없는 '상류층 남자들의 직업 세계'였다. 입담 좋은 하영이 좌중을 휘어잡는 동안 아주 잠깐 화제의 중심이었던 나는 흔적 없이 묻히고 말았다. 하영을 포함해 소위 '잘나가는' 남자 친구를 둔 여자 애들이 일상을 가장한 자랑을 늘어놓는 동안, 나는 '그렇지.' 하는 기계적인 맞장구와 함께 고개를 끄덕이고 있었다.

이건 뭔가 이상했다. 내가 삶의 '떠남'을 성공적으로 배우고 있다면 이런 기분이어서는 안 되는 게 아닌가 싶었다. 왜 전과 똑같이 소외감을 느끼고 주눅이 들며 스스로 내 인생의 주인공이라는 생각을 하지 못하느냐는 말이다.

늘 그렇듯이 모임은 꽤 재미있었다. 다만 주변의 모든 상황들이 실제가 아니라 코미디 영화 같았다. 난 그들의 일원이 아니라 관객일 뿐이었다. 그래서 그들과 소통할 수도, 그들의 인정을 받을 수도 없었다.

장 전무는 인터뷰에 앞서 절인 고등어 같은 내 낯빛을 먼저 걱정해 주었다.

"어제 술로 무리 좀 했나 봐요? 그렇죠?"

대화를 즐기지 못한 모임에서는 늘 과음을 하게 된다. 어제도 사람에 취하지 못한 나는 술로라도 취하기 위해 쉬지 않고 잔을 기울였나 보다.

"그 무렵에는 참 사는 게 재미있죠? 사람 만나는 것도, 노는 것도."

나보다 오백 배는 재미있게 사는 것 같은 장 전무가 아슴푸레한 표정으로 그런 말을 하는 걸 들으니 나는 정확히 해석되지 않는 기분에 더 우울해졌다. 장 전무는 내 미래의 삶의 지표다. 그런 장 전무가 별 볼일 없는 내 현재를 부러워하면 안 되는 거였다.

"제 나이에는 모든 게 다 즐거워야 맞는 거죠? 그런데 왜 그렇지 않은지 잘 모르겠어요. 더군다나 장 전무님을 만나고 나서는 전에 비해 근사한 삶을 살고 있어요. 모든 게 다 나아졌죠. 그런데 왜 이런 기분인지 모르겠어요. 제가 원하던 방향을 향해 가고 있는데도 왜 저는 행복하지 않죠?"

장미경 전무는 그럴 줄 알았다는 표정으로 이전처럼 복사물을 내게 건네주었다.

'〈재미〉가 아닌 〈기쁨〉을 좇을 것'

"그 네 번째 지침의 의미를 깨닫는다면 행복해질 거예요."

이제 나는 문구의 인터뷰 주제의 의미를 생각하기보다는 내 심리 변화에 짠 듯 맞추어 주제를 내놓는 그녀의 혜안이 더 궁금해졌다.

"전부터 여쭤 보고 싶었던 건데 전무님께선 독심술을 하세요? 어떻게 매번 제가 필요로 할 때마다 그에 꼭 맞는 해답을 준비해서 내놓으시는 거죠?"

장 전무는 빙그레 웃으며 대답을 했다.

"그렇게 신기해할 거 없어요. 사람 산다는 일이 복잡해 보여도 실은 다 거기서 거기거든요. '좋은 떠남'을 준비하는 사람들이 겪는 과정도 비슷해요. 내가 지켜본 수많은 사람들이 그랬고, 나 역시 미경 씨와 같은 과정을 겪었답니다."

그녀의 말대로라면 지금 내가 겪는 이 허무함은 하나의 과정일 뿐이었다. 아직은 다음 단계가 어떤 것인지 모르겠지만 무언가 삶이 꽉 차있는 듯한 느낌으로 살 수 있을지도 모른다는 희망이 고개를 들었다.

"지금 미경 씨는 최악의 슬럼프를 막 벗어나는 중이에요. 그런데 일반적인 생각과는 다르게 사람들은 극심한 어려움에서 벗어난 직후에 감정의 혼란을 겪게 되기가 쉬워요. 일종의 '외상후증후군'이랄까?

예전엔 무너진 빌딩이나 추락한 비행기에서 극적으로 살아난 사람들이 자신의 기적적인 생존을 기뻐하며 이후 감사하고 행복한 삶을 살 거라고 생각하는 게 대부분의 생각이었죠. 하지만 실제로는 그렇지 않다는 게 밝혀졌잖아요. 재난의 생존자들은 정신적 충격과 공포의 기억 때문에 제대로 된 삶을 살기 힘들어요. 그건 감정의 사치가 아니에요. 엄연한 고통이지요.

조금 다르긴 하지만 '떠남'을 통해 더 나은 삶을 막 만나기 시작한 사람들도 비슷한 감정의 기복을 겪게 되더군요. 더 나은 삶을 살게 되는 방법을 터득하기 시작하면서 이전의 자신의 어리석음을 통절하게 깨닫고 과거의 자신을 미워하게 되는 거죠. 앞으로 이런 좋은 상태를 유지할 수 없을 거라는 불안감과 막상 더 나아진 삶이 기대에 못 미친다는 실망감이 교차하는 혼란도 경험하게 되고요.

이런 때는 지금 그대로 행복을 느낄 수 있도록 스스로를 훈련시켜야 해요. 또 앞으로 어떤 상태가 되더라도 비슷한 행복감을 유지할 수 있도록 해야 하고요."

"저도 감사해하면서 행복을 느끼려고 노력하고 있어요. 그렇지만 그게 잘 안 되던 걸요."

"잘 안 되는 게 당연하죠. 사람의 감정은 마음대로 조절되는 게 아니니까요. 행복하자, 기쁘자, 사랑하자, 감정을 바꾸려고 한다고 해서 그게 되나요? 근육으로 따지자면 감정은 심장이나 위장처럼 불수의근(不隨意筋)이에요. 팔다리 근육처럼 생각대로 움직이는 수의근이 아니죠. 우리가 조절할 수 있는 건 감정이 아닌 행동이에요. 지금 미경 씨가 해야 할 일은 느끼고 있는 감정에 죄책감을 가질 것이 아니라 생각과 행동의 초점을 다시 맞추는 거예요."

뭔가 이야기가 어렵게 돌아간다는 느낌이다.

"여행 얘기를 다시 해봅시다. 여행을 다녀올 때마다 '거기 별거 없더라.'고 말하는 사람들이 있지요? 그 사람들 말은 사실일 수도, 사실이 아닐 수도 있어요. 왜냐하면 사람 사는 곳의 일상이란 다 비슷해서 결국은 '별것 아니'거든요. 그렇지만 그 비슷비슷한 일상 속에서 그 여행지만이 갖고 있는 1퍼센트의 매력을 찾아낼 수만 있다면 그곳은 세상에 단 하나밖에 없는 '그곳다운' 곳이 되는 거예요. 호두가 0.7퍼센트 들어 있는 식빵이 밀가루 식빵이 아닌 호두 식빵이고, 1퍼센트의 초콜릿과 40퍼센트의 우유가 들어 있는 커피가 우유 커피가 아닌 모카커피인 것처럼 아주 작은 차이가 무언가의 정체성을 규정하는 게 우리 삶이고 여행이에요. 그런데 식견 없는 여행객들은 어딜 가나 100퍼센트 다르고 신기한 것을 원해요. 그게 바로 '재미'만 추구하는 여행이죠.

그렇지만 그렇게 여행을 하면 어떤 여행에서도 만족하지 못하고 '집 떠나면 고생'이라는 말만 반복하지요. 다른 곳과 다른 1퍼센트를 찾는 조용하고 진득한 노력을 하면 그게 바로 여행의 '기쁨'이 되어 결국 평생 잊을 수 없는 추억으로 남는 거예요.

성수기에 스위스로 가는 열차를 타고 가면서 역방향으로 배정받은 안락하지 못한 좌석과 무례한 여행객이 득시글한 객차 안을 바라보면서 '나는 지금 행복한 기분이어야 한다. 이런 데 여행하기가 어디 쉬운 일이냐.' 하고 마음을 들볶지 말고, 창밖의 백만 불짜리 풍경을 보라는 말이에요. 그러면 애쓰지 않아도 행복이 느껴질 테니까요."

"하지만 아무리 애를 써도 늘 긍정적인 쪽으로만 시선을 붙잡아 두고 살 수는 없는 게 또 우리 삶이지 않을까요?"

"미경 씨 말이 맞아요. 내 말은 여행을 가도 따라오는 짜증 나는 일상에서 완전히 탈출하라는 얘기가 아니에요. 그건 불가능하거든요. 다만 그 일상에만 시선을 빼앗겨서 창밖의 근사한 풍경을 놓치지 말라는 이야기에요. 사실 몇 년이 지난 후 기억을 돌이켜 보면 기차 안의 불편한 좌석 따위는 기억나지도 않아요. 한 장의 엽서 같은 스위스의 창밖 풍경만 또렷한 이미지로 생각날 따름이지요. 다만, 기차 안에서 짜증만 내던 사람은 바깥의 풍경조차 제대로 추억으로 간직하고 있지 못한 거지요.

우리가 삶의 단계에서마다 해야 할 일은 삶의 '재미'만을 추구해서 평범한 일상을 구차한 것으로 추락시키기보다 삶에 숨겨진 1퍼센트의 '기쁨'을 찾아내는 거예요. 삶에서 너무 많은 것을 기대하지 마세요. 1퍼센트만 찾아내고 그걸 누릴 수만 있다면 잘해 내는 거예요. 그렇게 일상 속에 숨어 있기 때문에 '기쁨은 조용히 다닌다.'라는 말도 있는 거겠지요. 나는 안젤름이라는 성자가 한 '강렬하게 존재하라.'는 말이 늘 마음에 남아요. 경망하게 움직이지도 떠들썩하게 공언하지도 않지만 항상 삶의 특별한 부분에 시선을 돌린 채 기쁨을 누리는 사람, 언제나 그 자리에 있지만 마음속으로는 끊임없이 떠나며 새로워지려는 사람이 되고 싶어지지요."

그게 그녀가 추구하는 것이라면 이미 성공한 셈이다. 매달 내가 전무실에 들어와 그녀를 마주할 때 가장 먼저 느끼게 되는 것이 바로 '강렬한 존재감'이니까.

"이즈음, 미경 씨에게 숙제를 내줘야겠어요. '잘 떠나는 사람'은 항상 자신의 현재에 대한 확신과 자기 존재에 대한 기쁨이 있어야 해요. 그렇지 않으면 떠남에 대한 동기 부여를 받지 못해서 결국 주저앉게 되거든요. 오늘부터 블로그에 하루 다섯 개씩 1퍼센트 다른 일상들을 기록해 보세요. 기뻐할 만한 일이거나 아름다운 것, 감사한 것, 어떤 것이든 긍정적인 것이면 좋아요. 꼭 이미지와 함께 올리세요. 긍정적인 생각은 이미지로 구체화할 때 더 효과적이니까요. 대신 사진은 직접 찍은 것이어도 좋고 어디서 가져온 것이라도 상관없어요. 내가 수시로 체크해 볼 테니 하루라도 거를 생각은 말고요. 이 과제가 제대로 이루어지지 않으면 내 레슨은 이걸로 끝입니다."

장 전무와 인터뷰 후 일종의 안도감과 불안감이 동시에 밀려왔다. 내가 겪고 있는 납득할 수 없던 우울이 설명된 것은 전자에 해당하는 일이고, 느닷없이 1퍼센트 다른 일상을 하루에 다섯 개씩이나 찾아 블로그에 업데이트하라는 통고를 받은 건 후자에 해당한다. 초등학교 때 억지 강요받은 그림일기가 생각나 짜증 비슷한 것이 밀려왔다. 게다가 이날 하루는 유난히 엉망이었다. 겨울인데도 을씨년스럽게 비가 왔고, 아침에 들고 나온 우산까지 망가지고 말았다. 종일 일이 손에 잡히지 않아 일하는 흉내만 내다 퇴근했는데 저녁에 기분을 달래 보려고 혼자 보러 간 영화는 또 어찌나 재미없던지. 그래도 블로그에 올릴 사진을 위해 여기저기 사진을 찍어 대긴 했다.

잠들기 전 컴퓨터 앞에 앉아 블로그에 '오늘 하루 1퍼센트 달랐던 다섯 가지' 섹션을 만들어 놓았다. 그런데 그러고 나선 더 이상 할 일이 생각나지 않았다. 아무리 쥐어짜도 나의 오늘 안에 좋은 것들이 있었다고는 생각되지 않았다. 나쁜 것들을 쓰라고 하면 아마 하루에 쉰 개도 쓸 수 있을 텐데. 할 수 없이 마구 찍어 댄 사진들을 훑어보기 시작했다. 어쩌면 사진 속에서 빌미를 찾아낼 수 있을지도 모른다.

영화관 로비와 매표소 근처에서 마구 찍어 댄 사진에는 역시 내가 겪은 그대로의 심드렁하고 칙칙한 일상이 기록되어 있었다. 막 서른 번째 사진을 넘기려는 순간, 영화관으로 들어가는 커플이 배경으로 찍힌 게 눈에 띄었다. 내 시선을 잡아끈 건 여자였다. 데이트를 위해 한껏 차려입은 여자는 지난달 내 사보 칼럼에서 소개한 코디와 똑같은 옷차림을 하고 있었다. 가방과 신발, 목걸이까지 우연이라고 하기에는 너무나 완벽하게 내가 제안한 스타일을 재현한 그녀는 스스로의 모습이 만족스러운 듯 당당하고 사랑스럽게 남자를 향해 웃고 있었다. 당장에 내 감정은 반전을 이루었다. 내 칼럼이 인터넷에서 회자되네 어쩌네 하는 말을 듣는 것과 눈으로 직접 본다는 것은 전혀 다른 일이었다. 일단 한 개의 '거리'를 찾아내자 나머지도 그리 어렵지 않았다. 나는 사진을 찾은 지 30분 만에 스스로도 흐뭇할 만한 일일 보고서를 올렸다.

❖ 내 칼럼에서 튀어나온 것 같은 여자를 극장에서 보았다. 내 아이디어가 누군가의 고민에 대한 해답이 되었다는 것. 그래서 그의 하루를 멋지게 장식해 주었다는 것이 알 수 없는 흥분을 안겨 주었다. 이 얼마나 근사한 일인가!

❖ 우산이 망가진 덕에 전부터 눈독 들이던 예쁜 우산을 마음 놓고 살 수 있게 되었다. 이젠 비 오는 날을 우울해하지 않고 기다릴 수 있을 것이다.

❖ 비 오는 날 영화관에 가는 게 나한테 안 맞는다는 걸 깨달았다. 집에서 혼자 좋아하는 DVD를 보는 게 얼마나 안락한 일인지를 절감한 하루였다. 비 오는 데다 우울한 날은

'생각만 해도 기분 좋아지는 나만의 영화 리스트'가 빛을 발하는 날이다.

❖ 칼로리 때문에 엄두가 나지 않았던 핫초코 한 잔. 오늘처럼 춥고 으슬으슬한 날만 허락하기로 했다. 내가 좋아하는 컵과 달콤한 향기에 기분이 좋아졌다. 가끔은 뭔가 단 것이 기운을 나게 해주기도 한다.

❖ 드물게 약속이 없었던 오늘, 모처럼 청소를 했다. 마음껏 우울해할 수도 스스로를 맘껏 위로할 수도 있는 나만의 공간, 나의 집과 부모님 집이 서울이었다면 평생 한 번도 가져볼 수 없었을 것이다.

긍정적인 자기 암시 같은 것 어딘지 처절하다고 생각했었다. 세상의 모든 답답한 면에서 고개를 돌린 채 무조건 '좋다'고 웅얼거리는 사람들이 어딘가 모자라 보였던 것도 사실이다. 반대로 성공한 사람들이 긍정적 사고 운운하면 기득권층의 자리 굳히기로 보여 심기가 불편했다. 그러나 막상 내가 해보니 이거, 꽤 쓸 만하다. 똑같은 나라는 사람이 똑같은 분량으로 보낸 시간인데 이런 간단한 작업을 거치면서 암울하던 오늘 하루가 겨울비에 촉촉이 젖은 꽤 괜찮은 하루로 변해 버렸다.

아마 그동안 나는 행복하게 살기를 거부하면서 행복하지 못한 것에 대해 불평했었던 것 같다. 내가 의미를 부여하지 않으면 무색무취일 뿐인 일상에 굳이 부정적인 감정을 이입하면서 그게 현실이라고 우기고 있었던 것이다. 가장 큰 문제는 '부정적인 사람이 언제나 문제'라고 말하면서 정작 내가 그렇다는 사실을 까맣게 몰랐다는 사실이다.

오늘의 하늘에는 구름 한 점 없었다. 언제 그 추적추적한 비가 내렸었나 싶은 세상에는 노란 빛깔의 햇살이 골고루 뿌려지고 있었다. 내가 하는 일의 장점 중 하나는 밖으로 뛰쳐나가고 싶은 충동이 강한 날이면 그럴 수 있다는 것이다. 한창 햇살 좋은 오후, 나는 외근 나가는 길이라는 강력한 암시가 되어 주는 큼지막한 카메라 가방을 들고 보란 듯이 회사를 나왔다. 그리고 취재원을 만나 인터뷰를 하고, 명동에서 이번 달 사보의 콘셉트가 되어 줄 사진 몇 장을 찍고는 햇살이 잘 드는 카페에 들어 앉아 사람 구경을 했다. 어려서부터 나는 사람 구경하는 것을 좋아했다. 사람을 겉모습으로 판단해서는 안 된다고들 하지만, 사실 그 사람의 취향과 가치관의 상당 부분이 겉모습에서 드러난다. 기껏 잘 차려입고서 말도 안 되는 신발을 신어 맵시를 망쳐 버린 여대생, 무난한 듯한 폴로 티셔츠가 실은 뱃살을 강조한다는 걸 모르는 듯한 아저씨, 갓난쟁이를 동반하고서도 기 쓰고 차려입은 젊은 주부, 유행과 상관없는 스타일로 멋들어진 스카프를 두른 커리어 우먼……. 판단에 책임지지 않아도 될 낯선 이들의 삶을 추정해 보는 일은 재미있다. 더구나 내 눈에 비친 그들의 삶이 내 삶의 거울이 될 수도 있음을 전제한다면 유의미하기까지 한 일이다. 지금 내가 있는 이 시간의 흐름도 어제와 다른 1퍼센트일 수 있다는 생각이 들어 거리와 사람들, 카페 안을 향해 셔터를 눌렀다.

그렇게 찍어 놓은 사진들을 다시 돌려 보다가, 갑자기 그림이 보고 싶어졌다. 외근 후 바로 퇴근한다는 말을 남기고 나온 오늘, 어차피 남은 오후는 나의 것이다. 평소 야근 수당도 없이 늦게까지 일을 해왔기에 빚은 없다. 나는 망설임 없이 시립 미술관으로 가기 위해 버스를 탔다. 차창을 통해 해바라기를 하며 잠깐 조는 동안 유빈에게서 전화가 왔다.

"시끄러운 거 보니까 외근 나왔나 보네? 일찍 끝나면 영화 볼래?"

평소라면 반가울 제안이었다. 나는 항상 그가 만나자고 전화해 오길 기다리는 쪽이니까.

"나 지금 미술관 가는 길인데. 같이 볼래?"

"웬 미술관? 난 그런 데 가면 하품 나와서 싫어. 그냥 영화 보자."

늘 마지못해 유빈의 어리광에 넘어가는 나였지만 오늘 만큼은 정말 그림이 보고 싶었다. 내 취향조차 아닌 할리우드 액션 영화를 보며 이 소중한 오후를 날려 버리기는 싫었다.

"그럼 영화는 너 혼자 봐. 난 미술관에 갈게. 지금 내릴 때 다 됐다, 끊어."

"야, 잠깐! 고미경……."

전화를 끊을 무렵 그가 무슨 말을 했는지는 모르겠다. 어쩌면 미술관으로 오겠다고 했을 수도 있겠다. 하지만 나는 그가 오겠다고 할까 봐 모르는 척 전화를 빨리 끊었다. 액션 영화에만 관심 있는 그가 그림 한 점 한 점에 푹 빠지도록 나를 내버려 둘 것 같지가 않아서였다.

미술관에서는 국내 신진 작가들의 기획전이 열리고 있

었다.

필요는 가치를 낳는다는 말이 혹시 있던가.

그림에 목말라 있던 내게 하나하나의 작품이 눈에, 가슴
에 와 닿았다. 마음을 열어 놓고 보자니 창가에 의자 하나
가 놓인 정물을 보고서도 왜인지 모르게 눈물이 났다. 어찌
나 정신이 팔려 있었던지 미술관에서 나왔을 땐 해가 져 어
두워져 가고 있었다.

꺼두었던 핸드폰을 다시 켜며 혹시 유빈에게서 메시지가
왔을지도 모르겠다 했을 때, 만나자는 유빈을 내 쪽에서 거
절한 적이 한 번도 없었다는 걸 깨달았다. 있지도 않은 병을
빙자한 조퇴를 불사하고라도 만나던 그를, 나는 3년 만에
처음으로 그림을 보기 위해 밀어낸 것이었다. 어쩐지 그런
내가 싫지 않았다. 어쩌면 이것이 장 전무가 말한, 그런 종
류의 기쁨일 수도 있겠다 싶었다.

여자, 거침없이 떠나라 _____ 5

스스로에게서
먼저 떠나라

모든 '떠남'은
자기 자신으로부터
떠나는 것이
전제되지 않으면
별 의미가 없어요.
여행도 삶도 마찬가지죠.

오_랜만에 얼굴을 본 채령은 조금 야위어 있었다.

"그동안 맘고생 꽤나 했구나? 이렇게 마른 걸 보니……."

안쓰러워하는 내 말이 무색하게 채령이 너무나 씩씩하게 말했다.

"천만에. 내가 스트레스를 받으면 살이 찌는 체질이라서 일부러 신경 좀 썼더니 오히려 빠져 버렸네. 애인도 없는데 맞는 옷까지 없어지면 너무 비참하잖아."

과연 채령은 실연한 여인답지 않게 아름답고 생기 있어 보였다. 그런 그녀라면 금세 다른 남자를 찾을 수 있을 것이다.

음식이 서빙 되어 나오기 시작하자 문득 테이블이 좁다는 걸 깨닫게 됐다. 테이블 한쪽에 잔뜩 쌓인 책들 때문이었다.

"이 책이 다 웬 거야?"

"한자 책, 영어 단어집……."

"나도 눈 달렸으니 그건 아는데, 이걸 왜 네가 가지고 다니냐고."

"당연히 공부하려고 가지고 다니는 거지."

20년 정년은 거뜬한 철밥통 사서가 웬 공부? 입 밖에 내지는 않았지만 세상에서 제일 편해 보이는 직업을 가진 것 같은 채령과 '공부'는 어울리지 않아 보였다. 그녀에게 책은 뒤적거리거나 쌓으라고 있는 거 아니었던가.

"내가 여러 번 말했잖아. 이게 보는 것만큼 평화롭기만 한 직업은 아니라니깐. 세계 곳곳에서 수서하고 정리하려면 영어 잘해야 돼. 후배들 중에는 프랑스어나 독어 독해까지 가능한 애들도 넘친다니까. 고서적이나 학술 서적 다루려면 한자는 또 얼마나 많이 알아야 한다고. 게다가 요즘처럼 도서 정보를 데이터베이스화하려면 컴퓨터 프로그램도 보통 이상으로 다룰 줄 알아야 해. 다음 달부터는 자격증 공부도 시작하는걸. 열심히 공부하지 않으면 이 바닥에서도 살아남기 힘들어."

난 이제까지 채령은 떠남이 필요 없는 완벽한 환경 안에서 사는 줄로만 알고 있었다. 파도의 영향을 받지 않는 깊고 맑은 바다에서 그저 고요히 떠다니기만 하면 저절로 먹여지고 재워지는 심해어 같다고. 그런데 오늘 보니 그녀도 나와 그리 다르지 않은 세상에서 파도의 영향을 받으며 살고 있었다. 쉼 없이 앞으로 나아가지 않으면 메마른 해변으로 떠밀리기는 나와 마찬가지였다. 다만 나는 물 표면에서 파도에 얻어맞으며 자신이 밀려나는 걸 매일 내 눈으로 확인하며 살고 있고, 그녀는 그보다 아래에서 더 조용하고 고통 없는 떠밀림을 겪는다는 것이 다를 뿐이었다. 채령은 지금 이 자리에 머물기 위해 떠나는구나, 나는 그렇게 생각했다.

채령은 내가 잠시 충격에 빠져 있는 동안 해물 스파게티를 반이나 먹어 치웠다. 사람들과 함께 있으면 뭐든 잘 먹고, 혼자서는 음식을 입에도 대지 않는 게 그녀의 습관이었다.

"내가 최근에 별다르게 기분 좋은 일이 없었는데 네 생각만 하면 살맛이 난다. 하나라도 잘되는 일이 있어야지. 우리 다음 달쯤에 주말 끼고 여행 갈래? 너 슬럼프 탈출한 거 축하도 할 겸.

요새는 혼자인 것도 나쁘지 않다는 생각이 들어. 항상 옆에 남자가 있어서 몰랐는데, 이제 조금씩 나이가 들고 혼자 즐기

는 법을 터득하고 보니까 혼자가 편할 때가 많더라고. 남자
들이 여자들을 좀 성가시게 하니? 이참에 너도 유빈이 확 차
버리고 당분간 나랑 같이 화려한 싱글 라이프 좀 즐기자."

잠깐, 내가 채령에게 우영기를 만난단 얘기를 안 했던가?

"네가 예전 그대로 있어 줘서 참 좋다. 지금에서야 얘기지
만 네가 그때 우영기라는 사람 계속 만났다면 아주 약간은
상처 됐을 것도 같아. 내가 소개시켜 줘놓고서……. 나 웃기
지? 내가 이기적이어도 이번만 용서해 주라."

이번만 용서해 달라며 헤헤거리고 웃는 채령에게 사실은
나 지금 그 사람 만나고 있다고, 그렇게 말을 할 수가 없었다.
내게 다시 없을지도 모를 괜찮은 사람이라 끈을 잡고는 있지
만 유빈을 밀어내고 그를 받아들일 자신도 없었다. 채령이
저절로 알게 되기도 전에 사라질 수도 있는 그 존재를 굳이
알릴 필요가 있을까. 나는 입을 다물기로 했다. 그리고 그 순
간부터 차차 우영기를 정리하는 쪽으로 마음을 굳혀 갔다.

내가 이전의 삶으로부터 떠났다는 사실을 가장 정직하게
알려 주는 것은 사보였다. 내가 독자적으로 편집을 맡은 요
몇 달 구독 요청 건수가 15퍼센트 정도 늘었고, 전에는 대

여섯 통 올까 말까 했던 독자 엽서도 수십 통으로 늘었다. 개중에는 꼭 사보에 사연을 싣고 싶다며 협박이 반 섞인 애걸을 적어 놓은 것도 있었다.

'사보 나오는 날을 기다리게 되었습니다.'

'전에는 우편으로 오면 조금 뒤적이다가 재활용 상자에 들어가던 사보였는데 이제는 처음부터 끝까지 봅니다.'

'푸딩맨님 만화 너무 재미있어요.'

이런 말들을 자필로 꼭꼭 눌러 적은 엽서를 보는 기분이란 상상 이상의 것이다. 난 아무래도 전생에 칭찬에 목말라 죽은 아귀였나 보다. 칭찬하는 말을 들으면 입가에 경련이 일어날 정도로 웃음을 참지 못하겠다. 그게 입에 발린 아부라도 좋다. 사람들은 '욕을 하려거든 뒤통수에 하지 말고 나에게 직접 하라.'고들 하지만 난 아니다. 없는 데서 하는 비방이야 '없는 자리에선 나라님도 욕한다더라.' 하며 얼마든지 이해해 줄 수도 있는 일이다. 그런 건 내 귀에 들어오지만 않는다면 별 상관없다. 그러나 면전에서 대놓고 흠잡는다는 건 이야기가 다르다. 그건 상대방에 대한 최소한의 배려조차 포기하는 행위이기 때문이다. 종기 하나 고쳐 보겠다고 남의 가슴에 메스를 대는 우리 실장 같은 사람이, 방글

방글 웃으며 철야 야근을 시키는 왕 과장보다 싫은 이유가
그거다.

여하튼 요즘의 나는 이전보다 더 길어진 것 같기도 하고
더 짧아진 것 같기도 한 아리송한 시간을 살고 있다. '떠남'
에 집중하다 보니 크고 작은 움직임이 많아졌고, 삶에서 지
겹고 재미없는 시간이 사라졌다. 그래서 하루가 너무나 빨
리 지나간다. 그런데 이상하게도 일주일 전의 시간을 돌이
켜 보면 마치 한 달 전 일처럼 여겨진다. 마찬가지로 내가
'떠남의 수행자'로 입문한 몇 달 전의 일이 까마득한 옛날로
여겨진다. 나 자신이 예전 그대로인 것 같으면서도 수십 살
은 나이 들어 버린 것 같은 느낌. 장 전무는 시간을 체감하
는 내 감각의 변화를 이해한다고 했다. 누구나 '떠남'의 방
법을 체득하면 항상 그런 느낌으로 시간을 살게 된다고. 그
건 '떠남'의 미덕을 이해한 사람들의 삶이 시간의 길이에 비
해 많은 내용을 담게 되기 때문이라고 했다. 그녀는 같은 인
생을 더 길게 사는 유일한 방법이 '늘 떠나는 것'이라고 믿
고 있었다. 나 역시 이런 식의 시간의 흐름이 싫지 않았다.
그저 흘려보내는 게 아니라 시간을 호흡하는 듯한 느낌이기
때문이다. 내 손으로 편집한 사보에 대한 낯모르는 사람들

의 격려가 담긴 엽서를 매만지면서 나는 지금 이 순간의 시간을 들이마시고 신선한 피를 공급받는다.

혼자만의 감격을 방해한 건 건너편 자리의 오 대리였다.

"고미경 씨, 왕 과장님이 호출하시는데? 지금 홍 이사님 방에 계시대. 얼른 가봐."

가슴이 쿵쾅거렸다. 홍 이사가 왜 날 부르는 걸까? 혹시 기사 중에 문제될 만한 게 있었나? 그럼 혹시 무슨 포상이라도? 아니다. 이제까지의 경험에 의하면 조직 내에서는 벌은 즉각적이고 직접적이지만 상은 이게 상인지 뭔지 알 수 없게 은근하고도 간접적이다. 한마디로 대놓고 칭찬하려고 이사가 아직 직함도 없는 말단 사원을 호출할 리 없다는 말이다.

이사실에서는 왕 과장이 한창 홍 이사와 이야기를 나누고 있었다. 114 안내원을 연상시키는 '솔' 높이의 목소리가 문 밖까지 새어 나왔다. 내가 기척을 하자 왕 과장이 손짓으로 어서 와 앉으라는 시늉을 한다.

"고미경 씨 왔어요? 이사님, 우리 미경 씨가 요즘 사보를 너무 잘 만들어 줘서 제가 그쪽으로는 신경 쓸 일이 없어요."

왕 과장의 입에 발린 말에는 상관없이 나를 맞는 홍 이사의 얼굴에 웃음이 있다. 일단, 나쁜 일은 아니다.

"홍 이사님이 고미경 씨에게 부탁할 게 있으시답니다."

"부탁이라 하시면……?"

이번에는 홍 이사가 직접 입을 열었다.

"다음 주에 있는 창립 기념 행사에서 내가 연설을 하게 됐어요. 고미경 씨가 글을 아주 잘 쓴다면서요? 그 연설 대본을 고미경 씨가 써주었으면 좋겠는데."

역시 귀찮으면서도 몹시 신경 쓰이는 일이다. 왕 과장이 그럴 듯한 일을 나한테 떠맡길 리는 없지.

"연설문은 처음이지만 열심히 해보겠습니다."

"그래요, 잘 좀 부탁해요. 내가 어떤 말들을 썼으면 좋겠는지 자세히 말해 줄 테니 잘 좀 윤색해 줘요. 내가 행사 자료를 어디에 두었는데……. 그걸 보면 좀 참고가 될 거예요. 잠깐만 기다려 줘요. 그리고 왕 과장은 이제 볼일 보세요."

홍 이사가 책상에서 자료를 찾는 동안 나는 혼자 어색하니 손님용 소파에 앉아 사무실 인테리어나 구경하고 있었다. 그러다 테이블 위에 시선이 갔는데 어울리지도 않게 여성 잡지가 놓여 있었다. 몇 번 들춰 보지도 않은 듯 표지가 반드르르한 이번 달 잡지였다. 홍 이사는 자료를 찾다가 비서

에게 물어보겠다며 아예 밖으로 나갔고, 할 일이 없던 나는
그 잡지를 뒤적였다. 그러자 누군가가 색 테이프로 갈라놓
은 페이지가 저절로 펼쳐졌다. 그 페이지에는 왕 과장의 사
진이 큼지막하게 실려 있었다. 대충 보니 패션계에서 일하
는 커리어우먼들의 인터뷰를 모아 담은 기획 기사였다. 아
마 방금 다녀간 왕 과장이 홍 이사에게 보여 주기 위해 두
고 간 것이었던 모양이다. 그래도 아는 얼굴이라고 반가운
마음에 기사를 읽어 내려가던 나는 점점 손과 발에서 피가
빠져나가 뇌로 몰리는 것을 느끼고 있었다. 기사에서 인용
한 왕 과장의 말은 이랬다.

'……홍보에서 다양하게 접근하려던 시도가 주효했던 것
같습니다. 사보를 단순한 사내 소식지에 머물지 않게 개편
한 건 최근의 가장 큰 성과였습니다. 특히 다른 사보에서 일
반 잡지의 영역으로 생각해 잘 시도하지 않는 패션 코디 조
언은 볼거리를 고려하지 않을 수 없는 패션 잡지들의 한계
를 생각해서 기획했습니다. 수많은 네티즌들이 제 아이디어
를 인정해 주고 입소문을 내주는 걸 보고 저도 놀랐습니다.
그만큼 패션 공화국 대한민국에서 정작 여성들에게 실용적
인 정보가 얼마나 부족했는지 알 수 있었습니다.'

회의에서 왕 과장이 내 기획을 칭찬했을 때 이런 상황을 아주 예측하지 못한 건 아니었다. 하지만 이런 방식일 줄은 몰랐다. 상사들이 부하의 성과를 가로챌 때는 해야 할 말을 생략함으로써 자기 좋을 대로 어림짐작하게끔 유도하는 게 보통 아니던가. '주위 사람들이 도와주었지만 결국 제가 잘나서 성공했습니다.' 하는 식으로 말이다. 그런데 이건 명백한 규칙 위반이다. 회의 시간에 내가 브리핑한 내용을 토씨 하나 틀리지 않게 읊고 있으면서 '내 아이디어'라니. 그것도 모자라 가로챈 자신의 공을 광고하려고 잡지까지 사다 들이미는 그녀의 뻔뻔함이 경이롭기까지 했다.

홍 이사가 돌아와 행사 자료를 들이밀며 장황하게 설명을 할 때 나는 수족관에 들어앉은 듯 뻐끔대는 홍 이사의 입만 바라보았다. 뇌가 기능을 멈춘 것 같았다. 나는 내가 지금 제대로 된 타이밍에 고개를 끄덕이고 있는 걸까 가끔 생각할 뿐이었다.

내가 우영기를 만나기로 약속을 해버린 건 왕 과장 때문일 수도 있었다. 아니, 확실히 그녀 탓이었다. 오늘 같은 날 집에 들어가 혼자 있기는 싫었고, 유빈은 또 전화 연락이 안 됐으며, 회사에서 야근을 하기는 더더욱 싫었다. 결국 우영기가 전화를 해서 만나자고 했을 때 죄책감을 조금 느끼면서도 그러마고 대답하고 말았다.

우영기를 만나러 가는 길, 교대 역에서 지하철을 갈아타려고 내려서 걷다가 아는 얼굴을 만났다. 대학 동기 모임에서 매번 얼굴을 마주치는 여자 친구 중 하나였다.

"미경이 요즘 바쁘다더니 얼굴 보기가 힘들다?"

"얼굴 보기 뭐가 힘들어? 모임 때마다 꼬박꼬박 나가는데."

"그런데 왜 혜경 언니 결혼식에 안 왔어? 우리 동기들은 거의 빠지지 않고 다 왔는데. 결혼식 피로연에서 아주 난리 났었잖니."

그러고 보니 선배인 혜경 언니가 결혼식 준비를 한다는 말을 들었더랬다. 언제로 날을 잡았나 궁금해하며 그때쯤 날씨면 어떤 옷을 입고 갈까까지 미리 생각했었는데 그 결혼식이 나도 모른 채 벌써 지나가고 만 것이다.

"혜경 언니, 나한테는 연락 안 했어."

"우리 학번은 하영이가 대신 연락 돌렸어. 하영이 전화 못 받았어?"

어쩐지 익숙하고도 질척한 배신의 냄새가 났다. '뭔가 착오가 있었겠지.'라고 생각하지 못하겠는 건 요즘 나를 대하는 하영의 태도가 이상했기 때문이다. 모임에서 얼굴을 대할 때도 나를 경원시하는 것 같았고 전과 달리 안부 전화도 전혀 없었다. 하영은 확실히 만나면 기분 좋은 친구는 아니지만 대학 신입생 때부터 지금까지 가장 많은 시간을 함께 보낸 사람 중 하나였다. 그런 지인에게, 이를테면 어떤 일로 소리 높여 다투었다든지 하는 뚜렷한 계기 없이 소외된다는 건 나 자신의 됨됨이를 끊임없이 의심하게 만들기 때문에 아주 기분 더러운 일이다. 하영에게는 전화해서 확인해 볼 필요도 없음을 나는 알고 있었다. 보나 마나 '내가 연락 안 했던가? 맞아, 전화했더니 안 받아서 다시 한다고 해놓고 잊어버렸다.' 하는 식으로 말하겠지.

하영은 나 자신의 내면과 사람 사이의 관계에 대해서 자꾸 반추해 보게 만든다. 내가 인간관계 문제에서 지금보다 더 나은 사람이 된다면 일정 부분 하영이 그에 기여하는 셈이다.

우영기는 맛집 정보를 검색해 보면 수십 개 댓글이 달리곤 하는 스테이크 집에 나를 데리고 갔다. 가격은 체면 깎이지 않을 만큼 적당히 비싸고 맛은 누구의 입맛에나 달작지근하게 달라붙는, 그런 음식이 나오는 곳이었다. 와인을 잘 모르지만 주눅 들지 않고 물어 가며 주문하는 태도가 오히려 사람을 담백해 보이게 했다. 나를 만나기 위해 식당을 검색하고 새 타이를 골라 매고 나왔을 그의 진지함이 어느 정도 내 마음을 움직인 건 사실이었다. 그런데 왜, 이 사람에게 끌리지 않는 것일까. 이렇게 처음부터 '너는 남자, 나는 여자' 하는 전제를 두지 않고 선후배 정도로 만났다면 참 좋아했을 만한 사람일 텐데.

"김원장 씨는 어떻게 지내요? 그 여자하고 잘되고 있어요?"

"아뇨. 채령 씨하고 그렇게 되자마자 그 여자 후배하고도 헤어지더라고요. 매일 술 먹고 채령 씨한테 전화하는 모양이던데 채령 씨가 어디 받아 줘야 말이지요."

"그럼 영기 씨는 채령이가 받아 줘야 한다고 생각해요?"

나는 나도 모르게 발끈, 말에 가시를 세우고 말았다.

"아뇨. 그렇다기보다는 원장이 너무 안됐어서요. 그 녀석, 채령 씨 진짜 좋아한다고요."

"진짜 좋아한다면서 어떻게 다른 여자와 만날 수 있지요? 남자란 다 그런 건가요? 영기 씨도 그래요?"

우영기가 몹시 난처해했다.

원래 나는 논쟁을 좋아하는 성격이 아니라 웬만하면 남의 의견에 고개를 끄덕여 준다. 그런데 지금의 나는 내 태도를 전혀 '관리'하지 않고 있었다. 내가 이렇게 속의 이야기를 거르지 않고 뱉어 내는 건 이 남자와 헤어져도 상관없다고 생각하기 때문이었다. 어쩌면 뭔가 빌미를 만들어 헤어지는 계기로 삼으려는 의도도 있었을 터였다. 역시 나는 '선수'는 못 되는 모양이다. 채령은 바람둥이라면 자고로 모든 이성에게 조금쯤은 여지를 남겨 두는 법이라고 했다. 아무리 마음에 없는 사람이라도 '언젠가 저 사람과 연인으로 발전할 수도 있겠다.'라는 생각을 은연중 갖게 만든단다. 그래서 내가 예나 지금이나 지지리 인기 없는 여자인지도 모르겠지만, 상관없다. 만인의 연인은 내 적성이 아니다. 내 옆자리에 앉힐 사람이 아니라면 속히 열외로 세워 두고 심플하게 사는 게 좋다.

불편한 식사를 끝내고 나오는 길에 나는 이미 그가 차 한 잔을 형식적으로 권한 다음, 다시는 연락을 하지 않을 거라고 속으로 계산을 끝냈다. 아직 서로에 익숙하지 않은 데이트 초기에 이런 푸대접을 받고도 남아 있을 남자는 요즘 세상에 없다. 내가 확실히 예뻐 버린 미인이라면 이야기가 다르겠지만 내가 결코 권력이 될 만한 미모가 아니라는 건 나도 알고 있다. 그러나 그는 뜻밖의 말을 했다.

"우리 술 마실래요?"

술이 마시고 싶기도 하고, 그에 대해 별다른 기대도 없었던 나는 순순히 그를 따랐다.

맥주를 몇 잔 들이켠 우영기는 얼마간 불콰해진 얼굴로 불쑥 물었다.

"우리 오늘 만나고 나서 계속 원장이하고 채령 씨 얘기밖에 안 한 거 알아요?"

물론 알고 있었다.

"내가 싫어요?"

그렇게 묻는 그의 목소리는 그 어떤 적의도 품고 있지 않았고, 그저 서글프게 느껴질 뿐이었다. 그에게 미안했지만 나는 짧게 대답했다.

"그런가 봐요."

"처음 만났을 때 미경 씨 나 싫어하지 않았어요. 나 그렇게 예민한 놈은 아니지만 그것만큼은 알 수 있었다고요. 지금 친구 때문에 마음에 걸려서 그러는 거죠? 미경 씨 마음이야 이해하지만 다른 사람 문제 때문에 우리까지 이럴 필요 있나요?"

"채령이 때문에 이러는 거 아니에요."

"그럼 왜죠?"

그의 물음에 나는 주춤했다. 바보같이 싫다고 할 이유를 미리 생각해 놓지 않았다. 나는 그를 빤히 보다가 이런 말을 뱉어 버렸다.

"코가 작아서요."

그의 얼굴에 어처구니없어 하는 표정이 스쳐 가는 걸 보았을 때 나는 내 입을 뜯어 버리고 싶은 충동을 느꼈다. 당신은 좋은 사람이지만 감정이 안 생긴다, 다른 남자가 있다……. 얼마든지 납득할 만한 변명이 있는데 고작 한 말이 '코가 작아서'라니! 그가 내일 동창회라도 나가 '나 어제 어떤 미친년을 만났다.'라고 말해도 난 할 말이 없다.

"뭐…… 큰 코는 아니지만…… 이게 사람이 싫은 이유가 되나요?"

그가 자기 코를 만지며 물었을 때 나는 아예 제대로 사이코가 되기로 마음먹었다.

"누구나 사소하지만 상대방에게 절대 용납할 수 없는 점이 있는 거예요. 예로 들면 제 친구 하나는 엉덩이가 큰 남자에게는 이성적인 감정을 못 느낀대요. 또 어떤 친구는 아무리 완벽해도 목소리 톤이 높은 남자는 싫다던대요. 내가 아는 어떤 여자는 남자가 발이 작은 것만 보면 오만 정이 떨어진대요. 나한테는 작은 코가 그래요."

그가 매너가 좋은 사람이었는지 아니면 인간적인 배려가 너무나 깊은 사람이었는지 모르겠으나, 그 험한 경우를 당하고서도 나를 집까지 바래다주었다. 싫다고 해도 막무가내로 내가 탄 택시에 올라탔다. 집 앞에서 나를 들여보내기 전 그는 취한 사람답지 않은 분명한 발음으로 말했다.

"나 미경 씨가 좋아요. 내 생각엔 우리가 서로 잘 맞는 것 같아요. 미경 씨나 나나 나이를 먹을 만큼 먹었어도 미숙한 점이 많아요. 그거 서로 채워 주면서 잘 좀 지내 봅시다. 나 좀 그만 밀어내요."

그 말을 끝내면서 그가 손을 내밀어 내 손을 잡았을 때, 나는 매정하게 뿌리치지 못했다. 아직 추위가 매서운 계절의 밤인데도 그의 손은 따뜻했다. 그가 손을 한 번 꾹 쥐고 뒤돌아 멀어져 가는 모습을 나는 계속 지켜보고 있었다.

나는 대체 뭐 하는 여자일까?

그동안 내가 많이 달라졌다고 생각했는데 여전히 나는 답답하게 사는 여자, 고미경일 뿐이었다. 방으로 올라가려고 몸을 돌렸을 때, 나는 분홍색 트레이닝 바지에 검은 점퍼를 걸친 여자가 입구에 서있는 걸 보았다. 여자는 맥주와 구운 오징어가 든 비닐 봉투를 들고 선 채 나를 빤히 보고 있었다. 아주 잠깐 그 여자가 채령이라는 걸 알아보지 못한 이유는, 결단코 그녀이어서는 안 되기 때문이었을 것이다. 채령은 잠깐 나를 보더니 말없이 왔던 길로 되돌아 걸어갔다.

"채령아, 잠깐만! 네가 생각하는 그런 거 아냐."

내가 잰걸음으로 채령을 뒤쫓아 가 팔을 잡았을 때, 나를 돌아본 채령의 얼굴은 너무나 차가웠다.

"미안해. 너한테 미리 말 못해서. 하지만……."

"됐어."

채령은 옷깃을 붙든 내 손을 차분히 떼어 냈다.

"너 잘못한 거 없어. 내가 그 사람 만나라고 했잖아. 다만, 나한테 만난다고 말이나 해줬으면 좋았을걸 그랬다. 그러면 축하해 줬을 텐데."

"내가 잘못했어. 채령아."

"아냐. 그럴 수도 있지. 근데…… 내 마음이 좀 그렇다. 너하고는 아무것도 감추고 꾸미고 계산할 필요 없는 그런 사이라고 생각했는데 어쩐지 뒤통수 맞은 기분이야. 넌 알지?
내가 남 뒤통수치는 사람만큼은 정말 못 참아 한다는 거.
너를 이해하면서도 당분간은 네 얼굴 못 볼 것 같아. 시간이
좀 지나면 내가 연락할게. 미안해. 내 성격이 이래서."

미안하다는 말과 함께 총총히 멀어져 가는 채령을 보면서
나는 어찌할 바를 몰랐다.

장미경 전무의 얼굴이 전에 없이 어두워 보였다. 처음에는
내 마음을 상대방에 투사하고 있는 게 아닌가 했는데 인터
뷰가 진행될수록 그게 아니라는 걸 알 수 있었다.

"전무님…… 어디 불편하세요? 얼굴빛이 많이 안 좋으세요."

"그게 미경 씨까지 알 수 있을 정도였어요? 나도 많이 늙
었네."

장 전무는 피곤한 웃음을 지어 보였다.

"실은 집 안 문제 때문에 생각이 많아요. 고등학교 다니는
딸이 제 아빠와 다투고는 집을 나가 버렸거든요."

집을 나갔다면 가출? 딸이 가출을 했는데 장 전무는 한가
롭게 커피를 마시며 인터뷰를 하고 있다는 말인가? 그쯤 되
면 경찰서와 화양리 일대를 전전하거나 길거리에서 전단지

를 뿌리고 있어야 하는 것 아닌가?

"그런 부담스러운 표정 지을 거 없어요. 그 녀석 지금 친구 집에서 지낸다는 것도 다 알아놨거든요. 한 이삼 일 반항하는 모습 좀 보이다가 돌아오겠죠. 원래 심각하게 엇나가 있던 아이는 아니거든요. 게다가 미경 씨와의 약속을 지키는 건 나한테 굉장히 중요한 일이에요. 경우에 따라서 미경 씨의 인생을 바꿀 수도 있는 과정이니까요. 쉽게 약속을 깨고 싶지 않아요."

나는 위로가 필요한 참이었는데 이제 그녀의 그 말로 충분했다. 장 전무 같은 사람에게 가볍지 않은 존재로 대우받고 있다는 확신 이상의 위로가 있을 리 없었다.

"딸에 대한 걱정도 있지만, 내가 진짜 고민하는 건 이 시점에서 나 자신의 어떤 점으로부터 떠나야 하는가예요."

이런 상황에서 대부분의 부모들은 반사적으로 자식의 철없음을 원망하고 교정하려 들기 마련이다. 그런데 장 전무는 자신이 변해야 할 부분, 즉 자신이 떠나야 할 대상이 무엇인가를 찾으려 하고 있었다. 그녀가 오랜 세월 얼마만 한 노력으로 '떠남'을 단련해 왔는지 알 수 있을 것 같았다.

그때까지 장 전무는 내게 다섯 번째 주제에 대해 이야기해 주고 있었다.

'스스로에게서 떠나야 떠나는 것이다.'

이것이 오늘 내가 이해해야 할 또 다른 '떠남'의 법칙이
었다.

"모든 '떠남'은 자기 자신으로부터 떠나는 것이 전제되지
않으면 별 의미가 없어요. 여행도 삶도 마찬가지죠.

수년 전 런던으로 가는 비행기에서였어요. 옆자리에 30대
후반 정도 되는 두 한국 주부가 앉았어요. 그 둘은 비행기가
이륙하면서부터 몇 시간 동안 앞뒤 자리까지 다 들릴 정도
로 큰 소리로 수다를 떨었는데 그 내용도 문제였죠. 모처럼
일상을 떠나 그 먼 곳까지 가면서 그네들은 계속 아이들 과
외와 남편 출세 이야기에 열을 올리고 있었어요. 나는 그 주
부들이 런던에서 정말 의미 있는 여행을 하지 못했을 거라
고 확신해요. 그들은 가슴이 열린 한 사람의 여행객이 아니
라 일상에 갇혀 있는 주부의 시각으로밖에 런던을 보지 못
했을 거예요.

그들에게는 답답하게 흐르는 수돗물과 지독히 비싼 물가,

좁아터진 지하철만 보였을 테고 나중에 도대체 거기가 왜 그렇게 좋다는 건지 모르겠더라 하고 말하겠지요. 여행을 하면 견문이 넓어지고 생각의 폭도 넓어진다고 하지만 어디까지나 시각이 열린 사람에게만 해당되는 얘기예요. 사람은 무엇을 보더라도 자신이 받아들일 수 있는 것밖에는 받아들이지 못하니까요. 그래서 나 자신으로부터 떠나지 못하는 사람은 그 무엇으로부터도 떠날 자격이 없는 거예요.

여행뿐만이 아니에요. 예를 들어 미경 씨가 나쁜 남자와 연애를 한다고 가정해 봅시다. 그 남자에게 시달리다가 간신히 벗어났다고 가정해 보죠. 그러면 그게 끝일까요?"

장 전무의 질문에 나는 뜨끔 가슴 한구석이 찔려 아무 대답도 하지 못했다. 나쁜 남자라고 할 수는 없지만 어딘가 석연치 않은, 그래서 무작정 헤어질 구실조차 없는 유빈이 떠올랐기 때문이다.

"내 생각으로는 그게 결코 끝이 아니에요. 일단 나쁜 남자를 만나 일정 기간 관계를 유지했던 여자들은 나쁜 남자에게 끌리는 성향을 가지고 있는 거예요. 그걸 깨닫고 '나쁜 남자를 선택하는 나 자신'으로부터 떠나지 않는 이상, 언젠가 또 다른 나쁜 남자를 만나 불행한 관계의 패턴을 반복하기 쉬워요.

회사가 마음에 들지 않아 매번 사표를 내는 사람들의 경우도 똑같아요. 스스로가 '회사와 마찰을 일으키는 나 자신'으로부터 떠나지 않으면 사회생활에서의 문제는 결단코 근본적인 해결을 볼 수 없어요. 만약 회사에서 만족스럽게 나를 대해 주지 않는다면 나를 좋은 상품으로 인정하지 않기 때문이 아닌가 한 번쯤 진지하게 생각해 봐야 해요. 객관적으로 업무 능력이 있는 사람이라도 회사 입장에서 보면 도움이 안 되는 사람도 많거든요.

이렇게 모든 문제들은 오로지 자기 자신이 스스로에게서 떠남으로써만 해결될 수 있는데 사람들은 그걸 잘 몰라요. 언제나 다른 사람이 떠나야 한다고 생각하거나, 다른 대상으로부터 내가 떠나야 한다고 믿지요. 항상 문제는 내가 껴안고 있는 셈인데 그것도 모르고요."

그렇다면 나는 '어떤 나'로부터 떠나야 할까? 코가 큰 남자를 좋아하는 나, 상사에게 아이디어를 뺏기는 나, 어설픈 공작을 펴다가 친구에게 상처를 입히는 나……. 장 전무의 의도는 이게 아니었을 텐데 어쩐지 자조(自嘲)하는 꼴이 되어 가고 있다.

"잘 떠나는 사람의 무기는 '나 자신으로부터 떠날 줄 아는 힘'이에요. 어쩌면 미경 씨는 내가 딸의 가출 같은 문제를 겪고 있는 걸 알고 실망했을 수도 있어요. 잘 떠나기만 하면 모든 게 다 해결될 것처럼 말하는 사람이 그런 일을 겪으니까 이제까지의 모든 지침들이 공허한 말잔치가 아닌가 의심했을 수도 있어요. 그러나 잘 떠나는 사람이라고 해서 고난을 당하지 않는 건 아니에요. 나라고 해서 모든 불상사가 비켜 가란 법이 있나요? 다만 잘 떠나는 사람은 어려움에 대처하는 자세가 달라요. 적어도 자신이 떠남으로써 해결될 수 있는 일이라면 비슷한 고난을 계속 반복하지는 않지요."

장 전무는 이야기를 하면서 아까보다 점차 기분이 나아지는 모양이었다. 뭔가가 좋아지리라는 믿음은 다른 사람뿐 아니라 자신에게서 나오기도 한다는 그녀의 말이 맞는 것 같다.

"딸과의 관계에서 내가 떠나야 할 것들을 조금씩 알아 가는 중이에요. 그동안 진로 때문에 고민하는 딸에게 너무 조언만 하려 든 건 아닌가 생각돼요. 모든 사람이 내게 조언을 구하니까 딸도 그런 줄 알았지요. 하지만 딸은 그게 아니었던 것 같아요. 그 애는 자신의 기분을 이해해 주는 사람이 필요했나 봐요. 나도 '가르치려 들기만 하는 잘난 엄마인

나'로부터 떠나야 할까 봐요. 그러고서 딸이 똑같은 방황을 다시 하지 않기를 바라야겠죠. 사실 이렇게 항상 '떠남'을 생각하는 삶의 가장 좋은 점은 날마다 조금씩 나아지는 자신을 만날 수 있다는 거예요. 매일 매일이 특별하죠."

장 전무가 오늘 말한 것, 바로 스스로에게서 떠나야 한다는 것은 말로는 간단하게 들리지만 결코 단순한 명제가 아니었다. 그것을 직접 삶에 적용해 보면 코페르니쿠스적인 발상이 따로 없을 정도다. 나는 그동안 내가 자신을 잘 안다고 생각해 왔다. 늘 스스로가 평범한 외모에 평범한 능력을 지닌 여자라는 것을 의식하고, 매사에 멍청하다는 것을 수시로 확인하기 때문이었다. 그런데 자신의 단점을 알아 학대하는 것과 자신이 떠나야 하는 부분을 찾는 것은 전혀 다른 별개의 문제였다.

장 전무의 말에 의하면 '떠나야 할 것'은 자신의 근본이 아니라 그에 대한 태도란다. 만약 내가 건망증이 심한 사람이라면 '건망증이 심한 나'는 떠나야 할 대상이 아니다. 그럴 수 없기 때문이다. 내가 떠나야 할 대상은 '건망증에 항복해 중요한 일을 잊고 마는 나'인 것이다. 그런 나로부터 떠나는 방법은 중요한 일은 잊기 전에 빨리 실행에 옮기거나 부지런히 메모를 하는 것이다.

이날 나는 처음으로 장 전무에게 직접적으로 조언을 구했다. 왕 과장의 행동을 어떻게 받아들여야 할지 나로서는 도무지 알 수가 없었기 때문이다.

"내가 한 가지 할 수 있는 말은 어디에나 그런 상사가 하나쯤은 있다는 거예요. 물론 그 정도가 더하고 덜할 수는 있겠지만요. 내가 직접적으로 방법을 제시해 주면 미경 씨는 조금만 경우가 달라져도 본인이 깨달은 것을 적용할 줄 모르게 돼요. 언제나 답은 스스로 찾아내야 하는 거지요. 내 생각에는 오늘 함께 이야기한 것을 힌트로 미경 씨가 답을 찾아낼 수 있을 것 같은데요. 이제까지 미경 씨는 내가 기대한 것 이상으로 지침들을 이해하고 흡수했으니까요. 상사에 관한 문제도 그 상사가 아닌 미경 씨의 관점에서 해결책을 찾아보세요. 미경 씨가 떠나야 할 점을 발견한다면 그걸로 문제는 해결될 거예요. 단, 조급해하지는 마세요."

해결해야 할 문제의 수가 내가 떠나야 할 나 자신의 개수와 일치한다면 내게는 싸야 할 보따리가 수없이 많다. 그 많은 보따리를 해결하기에는 나는 너무 피로하다. 겨우 내 삶

의 문제들을 이해하기 시작했다고 생각했는데 고비를 넘기
고 날 때마다 문제들은 계속된다.

술이 마시고 싶었다. 웬일인지 유빈이 전화를 받는다. 그
래서 모처럼 내가 원할 때 그를 곁에 둘 수 있게 되었다. 술
집의 조명 때문인지 그의 볼이 움푹 꺼져 보였다. 옆에 앉은
그의 옆모습에 더욱 음영이 도드라져 보였다. 아마도, 나는
정말로 코가 큰 남자만 좋아하는 것일지도 모른다는 생각
이 들었다. 저 코 때문에 그를 좋아하는 것인지, 그를 좋아
해서 저 코까지 좋아하는 것인지 지금의 나로서는 구분이
되지 않았다.

"선배 돈을 갚고 나서 악순환이 계속되고 있어. 인터넷 사
업으로 돈을 많이 벌어 놓고 복학하고 싶었는데 점점 목표
가 멀어져 가네. 나 이대로 복학 미루고 고시나 준비할까 봐.
어차피 요즘 대학 졸업해도 별 볼일 없잖아."

갑자기 지금은 내 곁에 없는 채령이 입버릇처럼 하던 말
이 생각났다.

'아직까지는 대부분의 남자들이 사랑하는 여자가 있으면
본능적으로 모든 상황을 결혼 모드로 돌려 놔. 야망이 있어
도 일단은 눌러 놓고 생활을 안정시키려고 들지. 그래야 그

여자와 결혼해서도 고생시키지 않을 수 있다고 생각하니까. 결혼하고 나서 직장 때려치우고 당치도 않은 공부 시작하는 남자들 보면 꼭 여자 쪽에서 좋아 매달려 결혼한 케이스더라고. 적어도 여자를 진짜 사랑한다면 쉽게 불안정한 미래를 택하지 못하는 게 남자야. 설사 그게 더 합리적인 선택이라고 하더라도 말이지.'

나는 채령의 말을 인정하기 싫어서 내 앞의 맥주잔을 모두 비웠다. 하지만 좀처럼 취기가 돌지 않는 내 귀에는 유빈과 채령의 목소리가 번갈아 들리고 있었다.

"행정 고시를 준비할까 해. 아무래도 7급, 9급 공무원 시험보다는 그쪽이 장래성이 있으니까."

'처음부터 목표만 큰 사람이야말로 장래성이 없는 사람이야.'

"힘들수록 자꾸 네가 생각나더라."

'자기 힘들 때만 여자 찾는 남자는 평생 여자를 힘들게 할 사람이지.'

"그동안 내가 너한테 너무 무심했지? 내가 성격상 마음을 잘 표현하지 못해."

'남자들은 한창 연애할 때 자기가 정말 좋아하는 여자를 기쁘게 해주기 위해서는 물불 안 가려. 그건 성격하고 상관

없어. 사랑의 표현은 스킬이 아니야. 노력이지.'

내가 채령과 유빈 사이에서 갈팡질팡하는 동안 유빈은 나를 자신의 편으로 잡아챌 비장의 무기를 꺼낼 채비를 하고 있었다.

"미경아…… 우리 결혼하자."

그 비장의 무기 덕에 내 속은 포화로 얼룩진 전쟁터가 되고 말았다. 이 판국에 결혼이라니. 유빈은 무슨 생각을 하고 있는 걸까? 내가 아무런 대답도 하지 못한 채 그를 바라보자 그도 한 발짝 물러선 태도로 자신의 뜻을 부연했다.

"네가 놀랐다는 거 나도 알아. 우리 아직 결혼 생각하기에 이른 나이고, 내 위치가 안정된 것도 아니고. 하지만 나, 내가 고시 합격할 때까지 기다려 달란 말 못하겠어. 차라리 빨리 결혼하고 함께 문제를 풀어 나가는 게 현명할 것 같아."

나는 알고 있었다. 지금 그의 청혼을 거절한다는 건 곧 이별을 의미한다는 사실을. 나는 반지도 꽃도 없는 그의 프러포즈가 얼마나 이기적인 것인지 생각할 틈도 없이 진퇴양난, 선택의 기로에 몰리게 되었다.

여자, 거침없이 떠나라 _____ 6

선물은 여행에서
돌아와서 받아라

휴식 자체가 아니라
'휴식의 추억' 때문에
여행이 우리 삶의
탈출구가 될 수
있는 거지요.

유빈에게 한 달만 시간을 달라고 했다. 유빈은 흔쾌히 그러자고 대답했다. 그러나 그는 평소 잘하지도 않던 전화를 하루가 멀다 하고 해서는 '오늘은 결정을 내렸냐.'며 채근을 해댔다. 그럴 때마다 나는 이 상황에서 내가 무엇으로부터 떠나야 하는가를 생각했다. 그러나 답은 쉽게 나와 주지 않았다.

그래도 내가 사랑보다는 일에 더 소질이 있는 모양인지 왕 과장과의 관계에서는 나름의 답을 찾았다. 나는 '상사에게 내 공이 돌아갈까 봐 전전긍긍하는 나 자신'으로부터 떠나기로 결정한 것이었다.

지난달 내 아이디어대로 사보의 판형을 바꾸고 나서 사보의 열독률이 높아졌다. 사보가 B5 용지 정도의 포켓 사이즈로 바뀌자 지하철이나 버스에 들고 다니며 부담 없이 읽는 사람들이 많아진 것이다. 읽는 사람이 많아지자 타기업 광고까지 들어와 부수입도 올리게 되었다. 드디어 새롭게 바뀐 사보의 성공이 임원 회의까지 올라가 담당자인 내가 프레젠테이션을 하기에 이르렀다.

"그래서 사보를 단순히 사사(社史)로서의 기능에 머물게 하기보다는 더 많은 사우들이 보다 적극적으로 커뮤니케이션할 수 있는 장으로 바꾸자는 게 홍보 책임자인 왕수영 과장님의 생각이었습니다. 수준 높은 콘텐츠를 도입하고 판형을 누구나 손에 가지고 다닐 수 있도록 바꾸자는 아이디어도 홍보 책임자 분들의 창의적인 기획력 덕분에 빛을 볼 수 있었습니다……."

나는 사보가 올린 성과를 설명하면서 나라는 존재를 철저히 숨겼다. 그 자리에 홍보 책임자로 와있던 홍보 실장과 왕 과장은 흐뭇한 표정을 숨기지도 않고 프로젝터가 쏘는 화면을 바라보고 있었다. 그리고 그게 바로 내가 바라던 바였다.

어차피 직속 상관인 왕 과장은 내게 피할 수 없는 장애물이다. 장 전무는 회사가 단계 단계가 문으로 연결된 피라미드라는 걸 결코 잊지 말라고 당부했었다. 그 피라미드에서 말단 사원은 능력이 아무리 출중하다고 해도 바로 위 상사의 문을 통과해야 더 높은 방으로 갈 수 있단다. 직속 상사가 문을 열어 주지 않으면 사장의 방문이 활짝 열려 있어도 들어갈 수 없다고. 그게 바로 조직인 것이다. 조직 안에서는 어느 비뚤어진 상사 하나가 생떼로 문을 걸어 잠갔다는 평계는 통하지 않는다. 그 문을 여는 게 바로 조직 안에서 가장 필요로 하는 능력이기 때문이다.

장 전무의 설명에 따르면 왕 과장이 가로막고 서있는 한 나는 절대로 위로 올라갈 수가 없다. 그럴 바에야 왕 과장을 열심히 도와 그녀가 스스로 문을 열게 하는 게 낫지 않을까.

'왕 과장을 승진시켜 내 눈앞에서 확 사라지게 하자.'

그렇게 생각을 바꾸자 그동안 나를 괴롭히던 피해 의식이 사라졌다. 또 한 가지 좋은 점은 내가 전보다 왕 과장을 덜 싫어하게 되었다는 것이다. 어떤 심리학자가 말하길 사람은 자신이 호의를 베푼 대상에 호감을 느끼게 되어 있다고 한다. 그래서인지 내가 왕 과장을 도우려고 하다 보니 희미하게나마 그녀에 대한 애정이 싹트기 시작했나 보다. 사람을 싫어한다는 것이 그 자체로 힘이 드는 일이었던지, 나는 회사에서 훨씬 홀가분해진 마음으로 일을 할 수 있게 되었다. 사람이 철이 들고 마음 편하게 살게 된다는 것은 어쩌면 남을 미워하는 마음을 조절할 수 있게 되는 것을 의미하는지도 모르겠다.

결혼 이야기가 나올까 무서워 유빈에게 연락을 할 수도 없고, 다시는 만나지 않기로 결심한 영기의 문자에 답을 보낼 수도 없으며, 당분간 연락하지 말라는 채령을 찾아갈 수도 없었다. 심지어 하영까지도 연락 두절인 요즘, 이유 없이 술렁이기 마련인 오늘 같은 금요일 저녁이 내게는 고통이었다. 지독히 외로웠고, 나는 외로움의 이유를 나의 모자람에서 찾기 시작했다. 하긴 나는 이 상황이 새삼스러울 것도 없는 사람이긴 하다. 외로워도 슬퍼도 안 운다는 '캔디폰'이나, 하도 전화가 안 와 시계 기능밖에 못한다는 '시계폰'에 대한 농담이 유행할 때 늘 마음이 찔렸고, 주말에 방구석에서 드라마 재방송이나 보는 게 일상이었다. 강박 관념 때문에 억지로 사람들을 만나도 스스로의 미약한 존재감 때문에 쓸

쓸하기 그지없었다.

모처럼 핸드폰이 울리자 나는 반갑게 전화를 받았다. 심지어 전화를 건 사람이 그 느끼한 동호 패션 이 과장이라는 걸 알고 나서도 그다지 실망하지 않을 정도로 나는 사람이 그리웠다.

"뭐 해요?"

혼자서만 이물 없는 그의 일방적인 말투가 껄끄러우면서도 나는 고분고분 대답했다.

"아직 사무실에서 일하고 있어요."

"고미경 씨는 애인도 없나? 금요일 저녁에 일이나 하고. 내가 나 닮은 괜찮은 후배 하나 소개시켜 줄까요?"

어느덧 침묵하는 내 핸드폰을 일깨워 준 고마움이 증발하고 있었다.

"그런데 어쩐 일이세요? 저한테 전화를 다 주시고."

내가 단도직입적으로 용건을 묻자 그도 유들유들한 목소리를 바꾸었다.

"고미경 씨 혹시 다른 곳으로 이직했나 궁금해서 연락해 봤어요. 우리 동호 패션에 관심 있으면 아직 결원 상태니까 면접 보러 오시라고요."

"예? 이력서도 안 보냈는데 면접을요?"

"이력서는 면접 보러 오기 전에만 보내 주시면 될 것 같아요. 사실 이쪽에도 고미경 씨 패션 회사 사보 쪽으로 유능하다는 소문이 퍼져서 윗분들이 모셔만 오라고 아우성이에요. 오시면 팀장 대우 대리에 연봉도 전에 말했던 것보다 더 드릴 수 있을 것 같아요. 하영이한테 요즘 미경 씨 잘나간다고, 만약 미경 씨 스카우트할 수 있으면 한턱내겠다고 했거든요. 그 녀석이 미경 씨 핸드폰 번호 좀 가르쳐 달라고 했더니 나중에 가르쳐 준다고 해놓고 내 전화를 안 받아요. 이 번호도 사보 협회 아는 사람 통해서 겨우 알아냈어요. 혹시 미경 씨가 하영이한테 연락처 알려 주지 말라고 했어요?"

공교롭게도 이 과장이 내게 연락을 처음 시도했던 때와 하영이 나를 피하기 시작한 시점이 일치하고 있었다. 왜인지 생각할수록 알 수 없었다. 사람들과 이런 문제가 생길 때 나는 조용히 덮어 두는 편이다. 시간이 지나면 저절로 해결되기 때문이라는 건 내가 믿고 싶은 이유에 불과할 뿐이고, 실은 사람들과 껄끄럽지 않은 주제로 맞닥뜨리는 게 두렵기 때문이었다. 하지만 지금의 나는 무엇에서건 떠나고 싶은 사람이다. 가장 오래 만나 온 친구 중 한 명으로서 근래 자꾸만 나를 신경 쓰이게 하는 하영의 행동의 동기를 알아야 내가 무엇으로부터 떠나야 하는지 알 수 있다.

그날 저녁, 동창 모임 인터넷 카페에 뜬 즉석 모임 공고 아래서 참석하겠다는 하영의 댓글을 발견하자마자, 나는 시간에 대어 퇴근할 수 있도록 일을 서둘렀다.

내가 도착했을 때는 이미 술이 몇 순배 돈 다음이었다. 하영이 날 보고 태연히 손을 들어 보였다.

"오겠다는 말도 없이 웬일이야?"

그 말은 곧 내가 오지 않는 걸 확인하고 모임에 나왔다는 뜻이었다. 나는 하영의 맞은편 자리에 비집고 앉았다.

"하영이 너 좀 보고 싶어서. 요즘 너 보기가 왜 이렇게 힘드니?"

"내가 바빠서 말이야. 술 한잔해라."

하영은 나더러 어떻게 지내냐고 묻지도 않는다. 그녀는 내게서 잘 지낸다든지, 일이 잘되어 간다든지 하는 말을 듣기를 두려워하는 것 같다. 나는 요 몇 달간 그녀가 어떤 상황에서든 내가 근황을 이야기할 수 있는 기회를 주지 않는 쪽으로 대화를 이끌어 나갔음을 뒤늦게 깨달았다.

무언가 해답을 얻고 싶어 일부러 이 자리에 나왔으면서도 나는 아무것도 묻지 못하고 다른 이들의 이야기만 듣고 있었다.

어느덧 화제가 대학 신입생 시절로 옮아갔을 때, 동창들은 저마다 어리바리한 행동 때문에 일어났던 갖가지 에피소드를 기억해 냈다. 여기저기서 발작적이다 싶을 정도로 웃음이 터져 나왔고, 나도 눈물이 글썽일 정도로 웃어 댔다. 소주를 꽤 많이 마신 하영이 반쯤 풀린 눈으로 술병을 들어 내 잔을 채우며 말했다.

"고미경, 너 신입생 오리엔테이션에서 처음 봤을 때 든 생각이…… 참 못났다…… 그런 거였는데. 생긴 거나, 하는 짓이나……."

그 말을 듣자마자 꽤 올랐던 술기운이 싹 달아나는 것이 느껴졌다. 그게 허물없어진 술자리에서 하는 실없는 농담이 아님을 직감적으로 알 수 있었다.

"솔직히 그런 너 일일이 챙기는 것도 짜증 날 때 많았다고. 그래도 꾹 참고 이만큼 사람 만들어 놓은 게 나 아니냐? 네가 지금 아무리 예뻐지고 잘나가고 해도 내가 보기에 고미경은 고미경이야. 그거 오래가지 않을 거라고. 그러니까

잘난 척하지 말란 말이야."

하영의 말을 듣다 보니 신입생 시절의 기억 하나가 되살아났다. 서울 지리를 잘 모르는 데다 길눈마저 어두워 헤매다가 친구들과의 약속에 꽤 늦었던 적이 있었다. 그때 하영이 내게 이렇게 말했었다.

"넌 어쩜 그렇게 잘하는 게 없니? 머리가 나빠도 꼭 남한테 피해 주는 쪽이야."

하영의 말이 심하다 싶으면서도 그때는 내가 죄인이라 뭐라고 말하지 못했었다.

'그래, 그때부터였어.'

이제 모든 걸 이해했다. 글자 그대로의 의미만 빌려 오자면 대오각성(大惡覺醒)의 순간이었다. 하영은 그 일 이후로 나를 무시하는 말을 수시로 하기 시작했고, 나는 나도 모르게 그 바보 취급에 익숙해져 버렸다. 대학을 함께 다닌 4년 동안 하영은 내게 스스로가 어리석고 못났다는 최면을 매일같이 걸었던 것이다. 그래서인지 나는 내가 하영보다 학점이 높고 영어를 잘하는데도 언제나 내가 그녀보다 멍청하다고 생각하며 살아왔었다.

하영은 단 한 번도 내가 잘할 수 있다고 격려해 주거나 잘된 일을 축하해 준 적이 없었다. 언제나 실패한 순간, 좌절한 순간에만 다가와 위로해 주는 척 내 단점을 일깨워 주었다. 하영에게는 친구가 아닌, 자신이 그리 못나지 않았다는 것을 때때로 일깨워 줄 만만한 '밥'이 필요했던 것이다. 그런 그녀에게 '밥'의 성공은 절대로 용납할 수 없는 일이었다. 그래서 요 근래 나를 대면하지 않으려고 그토록 애썼던 것이다. 이 순간 갑자기 채령이 생각났다. 내가 회사에서 인정받기 시작했다는 말을 듣고는 온갖 호들갑으로 축하해 주며 나보다 더 들떠서 여행을 계획하던 채령.

"하영아, 괜찮아?"

하영이 구역질을 하기 시작하자 옆자리의 친구 하나가 급하게 그녀를 화장실로 데려갔다. 그 난리 통에도 분위기가 흐트러지지 않을 정도로 다들 거나하게 취해 있었다. 오로지 나만 말짱하게 맑은 정신으로 안주가 다 떨어져 가는 술자리를 바라볼 뿐이었다.

"하영이 쟤, 오늘 너무 달리는 거 같지 않냐?"

"그 속이 속이겠냐? 그럴 만도 하지."

"그러게 왜 주제에도 닿지 않게 의사 아니면 안 된다고 고집을 부려서는 인간성 허접한 수련의 놈한테 차이고 난

리야?"

"쟤 대학원도 취직이 하도 안 되니까 간 거 아니냐. 자기 힘으로 안 되니까 시집이라도 잘 가야 된다, 그런 거 아니겠어?"

"쟤도 참 딱하다."

맞은편의 두 친구는 알코올 때문에 감각까지 둔해졌는지 도무지 목소리 크기를 조절하지 못하고 있었다. 그 덕에 늘 소식에 둔한 나까지 하영이 자랑해 마지않던 '상류층 남자친구'의 정체를 알게 되긴 했지만. 나는 하영을 이해하기로 했다. 그리고 하필 그녀 인생에서 가장 필요할 때 '밥'의 역할을 제대로 해주지 못한 것에 대해 미안해하기로 했다.

술자리에서 조용히 일어나 집으로 가던 길, 늦은 밤거리에서 부는 바람이 유독 상쾌하게 느껴졌다. 몇 잔 술로 눈이 환히 뜨인 느낌이다. 오늘 밤 하루를 마무리할 웹 다이어리에 아마 이런 내용을 담을 것이다.

나는 내가 알아 온 모든 사람이 내게 필요한 사람들이라고 생각했었다. 내게 불행의 기분을 느끼게 하는 사람들까지도 내 재산이라고 믿었다. 하지만 이제 알았다. 내 감정에 충실해 내 곁에 두게 되는 사람만이 정말 필요한 사람임을. 사람과 사람 사이의 관계에 정답은 없다. 이전엔 미처 몰랐지만 화려하고 숱한 만남들을 유지하는 사람들은 다른 한편으로 그 대가를 치루는 것이다. 나처럼 그 대가를 치루기 싫어하는 사람들은 내 방식대로 조용히 살면 되고, 그에 대해 열등감을 느낄 필요는 없다. 나는 이제 나를 괴롭히던 모든 관계들로부터 떠날 것이다. 그리고 그런 관계들에 집착하던 나 자신으로부터 떠날 것이다. 그래야만 진정 내 존재를 채워 줄 수 있는 또 다른 사람들을 만날 수 있을 테니까.

며칠 뒤, 하영이 인터넷 동문회 클럽에서 탈퇴했다는 소식이 들려왔다. 작년에 클럽 회장까지 지내고 이후로도 활발하게 활동했던지라 동기들 사이에서는 이러쿵저러쿵 그녀의 탈퇴 이유에 대한 추측이 난무했다.

"회장한테 동문회 운영 허술하게 한다고 한마디 했다는데, 싸워서 나간 거 아냐?"

"아냐. 남자 친구한테 처참하게 차인 게 다 소문나서 얼굴이 안 서니까 못 나오는 것 같은데. 하영이 걔가 체면 깎이면 가만히 못 있는 애잖아."

그러나 나는 하영의 도피가 내게 자신의 '바닥'을 내보였기 때문이라는 것을 알고 있었다. 나는 하영에게 가장 손쉽게 다룰 수 있는 허술한 사람이었지만 동시에 하영 자신의 가장 감추고 싶은 부끄러운 본질을 투사하는 아킬레스건이기도 했다. 하영은 다른 누군가가 아니라 그 자신으로부터 도피한 것이다.

하영이 보이지 않자 그동안 하영의 독설에 내상을 입었다는 피해자들이 나서기 시작했다. 그들은 하나같이 하영의 말이 자신의 내밀한 상처를 헤집었던 기억을 가지고 있었다. 그들은 하영의 여러 분별 없는 언행들 속에서 자신에게 해되는 것만을 예민하게 받아들이고 기억했다. 그리고 그것이 화를 낼 만한 일인지 아닌지 알쏭달쏭해 마음 한구석이 찜찜한 채 하영을 대하고 있었다. 내가 아는 사람 중 가장 인기 있었던 하영은 모든 사람과 허물없이 어울렸지만, 결국 어느 누구와도 마음속까지 소통하지 못하는 외로운 사람이었던 것이다.

어느덧 나는 예전처럼 하영의 일거수일투족에 동요를 느끼지 않고 덤덤하게 되었다. 이제 나는 하영 때문에 내 됨됨이를 의심하는 일이 없을 것이다. 하영이 떠났기 때문이 아

니라, 내가 '남과의 관계 속에서 나를 학대하는 자신'으로부
터 떠났기 때문이다. 다시 돌아오지 않을 수 있다면 나는 하
영에게서 열등감을 주입받으며 머저리로 살았던 지난 5년
을 아까워하지 않아도 될 것이다.

　내가 어떻게 손대지 않아도 일상은 참 자연스럽게 흘러가
고 있었다. 회사 사람들은 여전히 회식과 야근을 반복하며
뱃살을 키워 갔고, 내가 편집하는 사보는 사보로서는 최대
라고 할 수 있는 오만 부로 발행 부수를 늘렸으며, 유빈은
끝내 복학을 포기하고 고시 공부를 시작했다. 그리고 나는
졸업 이후 별로 손대 본 적이 없는 경영과 마케팅에 관한 책
들을 사 보고 있었다. 학교 다닐 때는 그토록 지겨웠던 책들
이 갑자기 달게 읽히는 것이었다. 나는 저녁마다 과일이나
과자를 우적거리며 만화책 보듯 『21세기 여성과 명품 마케
팅』 같은 책들을 읽었다.
　그런 일상 속에서 자연스럽지 않은 일이 한 가지 일어났
다. 내게 승진 소식이 들려온 것이었다. 게다가 홍보실 내에
서의 승진도 아니고, 기획실 소속으로 말이다. 혹시 공지에
착오가 있었거나 이름이 같은 디자인실의 안미경 씨를 오기

한 게 아닌가 싶어 인사 팀을 기웃거리다가 내가 승진하게 된 뒷이야기를 듣게 되었다. 기획실에서 결원이 나자 우리 실장이 나를 적극 추천했다는 것이다. 우리 회사의 기획실이라면 사장 직속이다. 다시 말해 기획실 대리란 내가 넘볼 수 있는 자리가 아니라는 것이다. 더구나 늘 못마땅해 못 견디겠다는 눈초리로 나를 보던 실장이 왜 그 좋은 자리에 나를 추천했단 말인가. 최근 사보 발행 부수를 늘리는 가시적인 성과가 있었다고 해도 이건 아닌 것 같았다.

점심시간, 나는 옥외 흡연 구역에서 다른 사원들과 담배를 피우다가 꽁초를 태우고 뒤늦게 돌아서는 실장을 놓치지 않고 불러 세웠다. 그리고 준비한 캔 커피를 내밀었다.

"뭐 할 말 있어요?"

실장은 예의 그 심드렁한 표정으로 말없이 캔 커피를 따서 마셨다.

"제 승진 이야기 들었습니다. 실장님이 추천해 주셨다면서요."

"그래서요?"

"왜 그러셨는지 궁금합니다. 실장님, 저 별로 마음에 안 들어 하셨잖아요."

실장은 별 얘기 다 한다는 듯이 캔 커피를 한 모금 더 들이켰다.

"마음에 안 드는 건 지금도 마찬가지예요."

한방 먹었다. 내가 왜 실장에게 백기를 들고 진솔한 대화를 요청한 걸까, 후회가 되기 시작했다.

"그렇지만 중요한 자리에 사람을 추천한다는 것하고 내 마음에 드는 것하고 무슨 관계가 있겠어요? 그 자리에서 일 잘할 사람이라는 판단이 서니까 추천한 거지요. 지난 6개월 동안 난 고미경 씨가 노력하고 변화하는 모습을 봤어요. 사실 처음엔 '무슨 바람이 들어 저럴까.' 했었는데, 뭔가 나아지려는 노력을 꾸준히 하더군요. 사람이 변한다는 건 말처럼 쉽지 않은 거죠. 그래서 부하 직원의 변화라는 건 미경 씨가 생각하는 것 이상으로 뭐랄까…… 상당히…… 대견스러운 일이에요."

세상에는 선하기만 한 사람도 없고 나쁘기만 한 사람도 없다는, 회사 내 인간관계의 금과옥조와 같은 말이 머리에 스쳤다. 지금 돌이켜 보면 실장이 그 말을 적용시킬 정도로 나쁜 사람은 아니었던 것 같기도 하지만 말이다.

"미경 씨 위해서라기보다는 추천 잘했다는 공치사 들으

려고, 나 좋자고 미경 씨를 밀었어요. 그러니까 가서 열심히 일하세요. 나 욕먹게 하면 홍보실에 도로 끌고 와서 우체국 심부름부터 다시 시킬 거예요."

전과 다름없이 멋대가리 없는 말주변이지만 귀에 거슬리지 않았다. 나는 새삼 거칠더라도 상대방의 호의가 담겨 있는 말이라면 상처를 남기지 않는다는 것을 느꼈다. 무섭게 솔직하던 채령의 직언이 하영의 그것과 달랐던 것처럼.

내 승진에 대해 알게 된 다음 날, 나는 더욱 부자연스러운 소식을 접해야 했다. 왕 과장이 사표를 냈다는 것이다. 물류 창고가 있는 지방의 지사로 발령받았기 때문이라고 했다. 소문에 의하면 왕 과장이 과거 디자인실에 있던 시절부터 원단을 납품받는 하청업체의 상납을 받아 왔단다. 그녀가 1년에 두 번 꼬박꼬박 다녀오던 해외여행도 알고 보니 그 업체의 뇌물이었던 것이다. 그 사실을 안 홍 이사가 사장 귀에 들어가지 않게 은밀히 뒷수습을 한 결과가 바로 왕 과장의 좌천이었다. 내가 애초에 의도했던 것, 그녀를 승진시켜서 눈앞에서 없애 버리겠다는 계획은 엇나갔지만 결과적으로 나는 그녀를 아주 볼 수 없게 되고 말았다. 목표의 초과 달성인 셈이지만 어쩐지 뒷맛은 씁쓸했다. 그녀 역시 아주

나쁘기만 한 사람은 아닐 텐데 상황이 너무 가혹하게 돌아
가는 게 아닌가 싶었다. 그러다가 이내 마음을 바꾸었다. 이
제까지 목격한 바에 의하면 어쩌면 사람은 자신이 행한 대
로 돌려받는다는 말이 정말인지도 모르겠다고. 그래서 왕
과장이 나쁘기만 한 사람이 아니라면 이후 펼쳐질 그녀의
삶도 나쁘기만 하지는 않을 거라고.

　유빈은 고시 준비를 결정하고 나서도 한동안 공부를 시
작하지 않았다. 앞으로 몇 년간 공부에 시달릴 것이므로 얼
마간이라도 실컷 놀면서 그간 쇼핑몰 운영으로 쌓인 피로
를 풀어야 한다는 게 그의 주장이었다. 그런 유빈은 아직도
결혼에 대한 내 대답을 기다리고 있었다. 하지만 나는 내가
잘 알지도 못하는 결혼이라는 걸 이렇게 일찍, 더구나 확신
이 느껴지지 않는 사람과 하고 싶지 않았다. 그러나 마음 한
편으로는 그냥 해버릴까 하는 생각도 들었다. 나는 결정을
하기 위해 고민하는 일에 지쳐 있었기 때문이었다. 무엇이
됐든 어느 한쪽을 선택하기로 한다면 결혼을 결심하는 쪽
이 더 쉬웠다. 왜냐하면 결혼을 하게 되면 나는 더 이상 마
음의 동요 없이 상황이 이끄는 대로만 몸을 맡기면 되기 때

문이다. 아무리 여건이 안 좋다고 해도 일단 결혼을 하게 되면 내가 할 모든 노력의 범위가 한정되게 된다. 나는 그저 열심히 사랑하고 열심히 일하면 되는 것이다. '더 이상 무언가를 결정하지 않아도 되는 상황'으로 빨리 들어가고 싶은 유혹이란 상상 이상으로 대단한 것이었다. 스무 살 이후 내가 계속 꿈꿔 오던 삶이 바로 아무 생각 없이 열심히만 사는 것이었다.

만약 내가 또 다른 방향으로 결정을 하게 된다면 수년간 정을 붙여 온 연인과 살을 떼어 내는 듯한 이별을 감당해야 할 것이다. 그 파동을 견딜 자신이 지금은 없다.

이것도 저것도 내게는 그리 마음에 들지 않았기에 나는 한없이 결정을 미루고 있었다.

유빈이 자기 노트북 컴퓨터를 내 방에 두고 간 건 그가 짐을 들고 걸어 다니는 걸 싫어하기 때문이었다. 일요일 낮에 놀러 왔다가 곧바로 친구들과의 저녁 약속이 잡혀 버린 유빈은 다음 날 찾아가겠다고 하고는 가방에서 지갑만 달랑 꺼내 뒷주머니에 꽂고 가버렸다. 그날 저녁, 인터넷 서핑을 하다가 속도가 한참 느린 내 고물 데스크탑에 분통을 터뜨리던 나는 유빈의 최신 노트북에 자연 눈길이 갔다. 명색이 프러포즈 받은 연인인데 이 정도는 좀 빌려 써도 되지 않을까.

유빈의 컴퓨터로 오랜만에 속 시원히 서핑을 하고 난 나는 '즐겨찾기' 항목을 눌러 보았다. 누군가가 주소를 저장해둔 단골 사이트들은 그 사람의 관심과 취미를 단번에 보여준다. 나는 유빈의 일기를 훔쳐보는 기분으로 저장된 사이트들을 하나하나 들어가 보았다. 내심 짐작도 못할 제목에서 음란 사이트의 홈페이지가 튀어나올 일까지 각오해 두었다. 그러나 정말 관심이 없는 것인지 보이지 않는 곳에 잘 숨겨 둔 것인지 그런 사이트는 즐겨찾기 목록에 없었다. 예상대로 온라인 상점을 운영할 때 모니터링을 하던 의류 쇼핑몰이 가장 많았고, 사진 동호회, 얼리어답터 동호회 등의 사이트도 눈에 띄었다. 그런데 알다가도 모를 사이트명이 하나 있었다.

'백발백중 홍 도령'

사이트에 접속해 보니 신내림 받은 운영자가 상담을 해주는 곳이었다. 유빈이 이런 데 드나들 성격이 아니니 누군가 다른 사람이 링크해 놓은 것이겠지 했는데, 클릭 한 번에 자동으로 로그인 되어 유빈을 환영한다는 메시지까지 떴다. 'My page' 항목에 들어가 보니 그동안 그 사이트에서 묻고 대답한 내용의 제목이 주르르 떴다. 유빈은 다섯 번이나 홍 도령에게 상담을 의뢰했었다. '답답합니다. 도와주세요.' '미래가 보이지 않습니다.' 같은 제목을 보니 마음이 아려 왔다. 현실적이고 단순한 성격인 유빈이 이런 사이트에 자주 드나든 이유를 이해할 수 있을 것도 같았다. 그에게는 마음을 털어놓을 누군가가 필요했던 것이다. 역시 글을 열어 읽어 보니 홍 도령은 점술가라기보다는 심리 상담가에 가까웠다. 그는 제법 조리에 닿는 어조로 현재와 미래에 대해 고민하는 유빈을 다독여 주고 있었다. 내게 차마 말하지 못했던 유빈의 생각들을 접하며 묘한 감상에 접어들 무렵 최근에 올라온 마지막 상담들을 열게 되었다. 눈이 번쩍 뜨이게도, 결혼에 관한 상담이었다.

지금 만나는 사람과 결혼을 하려고 합니다. 제가 결혼할 처지가 아니긴 하지만 그 사람이 뒷바라지해주면 몇 년 내에 좋은 결과를 볼 수 있을 거라고 생각합니다. 홍 도령님도 제가 시험 운이 있는 편이라고 조언해 주셨고요. 그런데 문제는 제 마음입니다. 어제 전에 사귀었던 사람을 마주쳤는데 지금 애인이 없다 했습니다. 오랜만에 그 사람을 보자 애틋한 감정이 되살아났습니다. 제가 그 여자를 정말 사랑했구나 하는 생각이 들었습니다. 만약 제가 직업도 번듯하고 좀 더 떳떳한 처지였다면 다시 만나자고 말했을지도 모릅니다. 지금 만나는 사람은 저한테 정말 필요한 사람입니다. 그 사람이 저를 정말 좋아하기 때문에 그 사람 역시 저를 필요로 한다는 걸 압니다. 서로가 서로를 필요로 하고, 그것으로 결혼의 요건은 끝이라고 생각합니다. 결혼은 인생의 무덤이라고 하는데, 저는 사는 데 너무 지쳐서 무덤에 빨리 들어가서 쉬고 싶습니다. 그런데도 어딘가 허전한 마음이 드는 이유는 무엇일까요? 제 마음이 왜 그런 것인지, 또 앞으로 어떻게 해야 하는지 알고 싶습니다.

유빈의 이 고민에 대해서는 홍 도령보다 내가 더 현명한 답을 줄 수 있을 것 같았다.

'당신은 그 여자를 사랑하지 않습니다. 그러니 결혼하지 마십시오.'

나는 유빈과의 관계에 대한 대하 소설 같은 방대한 고민의 원인이 단 한 가지였다는 것을 이제야 깨달았다. 그는 나를 사랑하지 않았던 것이다. 정이라든가, 연민이라든가, 편안함이라든가 하는 다른 여러 감정들을 품고 있을지는 몰라도 그게 뭐가 됐건 사랑은 아니었다. 채령이 그렇게 귀에 못이 박히도록 말해 주었던 것을 돌고 돌아 이제야 깨닫다니.

자신의 처지가 자신 없어 이전의 그녀에게 다가갈 수 없었다는 그의 말이 내게 가장 상처가 되었다. 그런 그의 처지가 나와의 결혼에서는 그리 장애가 되지 않는다는 것. 그리고 그에 대해 내게 죄책감을 느끼지 않는다는 것. 내가 아직 확답을 주지 않았음에도 그는 내가 결혼을 받아들이리라고 당연히 생각하고 있다는 것. 그 모든 것이 나와 첫사랑의 그녀를 차별하는 그의 마음, 곧 진실을 말해 주고 있었다. 내가 오래전부터 알았음에도 불구하고 믿고 싶지 않았던 진실 말이다.

눈물방울이 떨어져 유빈의 키보드 사이로 흘러 들어가고 있었다. 그 최신 기계가 고장을 일으킨다 해도 괜찮았다. 이제 나와 상관없는 사람의 물건이었다.

다음 날 유빈이 가방을 찾으러 집으로 오겠다고 했을 때,

나는 집이 아닌 다른 곳에서 만나자고 말했다. 분위기도 없고 사람도 없는 조용한 카페에서 나는 노트북이 든 가방을 건네주었다. 그리고 차는 커피로 하자는 말과 다름없이 범상하게 이제 그만 헤어지자고 말했다. 그러자 그도 커피보다는 녹차가 좋지 않겠냐는 말처럼 일상적인 태도로 되물었다.

"왜?"

나는 그로써 유빈이 그의 옛 연인이 길들인 그대로의 모습이라는 것을 한 번 더 확인해야 했다. 변덕스러웠던 그녀는 밥 먹듯이 그에게 헤어지자고 말했고, 실제로 몇 번 헤어졌다 만나기도 했었다. 내가 단 한 번도 그런 말을 한 적이 없으며, 일단 이별을 입에 담으면 다시는 돌이키지 않을 사람이라는 걸 그는 아직 모르고 있었다. 몇 년을 만나고서도 나는 아직 그의 의식 속에 깊이 들어가지 못한 것이었다. 10년쯤 후, 그의 추억 속에서 나는 '아름다운 사랑의 기억'으로조차 남지 못할 거라는 사실이 조금은 나를 슬프게 했다.

"나 알아 버렸어. 네가 날 사랑하지 않는다는 걸."

"결혼 때문에 부담스러워서 그래? 그렇다면 그깟 결혼 미뤄도 돼."

"아니, 정말 네가 날 사랑하지 않아서야. 이런 상태로는 결혼은커녕 널 계속 만날 수도 없어."

"무슨 소리야?"

"넌 지금 이 순간조차 나한테 사랑한다는 말 하는 걸 부담스러워하잖아."

"……."

"난 네가 첫사랑이니까, 잘 모르니까, 이런 게 원래 사랑이구나 생각했었어. 그런데 너는 왜 그랬니? 너는 진짜 사랑을 해봤으면서."

유빈은 대답 없이 손바닥으로 얼굴을 쓸어내릴 뿐이었다. 이제야 그가 내 말을 심각하게 받아들이게 되었다는 신호였다. 그의 말간 얼굴이 빨갛게 눌려 몹시 피곤해 보였다. 한심하게도 나는 이 순간에도 그를 안쓰럽다 생각하고 있었다.

"우리는 서로 아니라고 생각하면서도 그 누구도 멈추지 못하고 함께 달리고 있었어. 이제 내가 그걸 해줄게. 몇 년쯤 지나고 나면 너는 나를 사랑했던 여자가 아니라 고마웠던 여자쯤으로 생각하게 될 거야."

모든 사실이 너무나 명백한데도 불구하고 그는 아직 이해하지 못하는 눈치였다. 왜 내가 갑자기 헤어지자고 하는지 뭔가 구체적인 이유를 감춘 채 추상적인 이유만 늘어놓는다고 여기고 있었다. 무언가 화를 북돋울 만한 사건이 있지 않아도 그냥 진실을 알아 버린 것도 이별의 동기가 될 수 있음을 남자들은 이해하지 못하는 걸까? 진짜 이유를 솔직히 말해 보라고 계속 다그치는 그의 지친 눈빛을 보면서 나는 그가 어느 정도 시간이 지날 때까지는 이 상황을 이해하지 못하리라는 걸 깨달았다. 나는 그에게 구체적인 이유를 주기로 결심했다. 그게 내가 그에게 줄 수 있는 마지막 선물이었다.

"다른 남자가 생겼어."

그 말을 들은 유빈은 비로소 안개 속에서 벗어난 표정으로 한숨을 쉬었다.

"그럴 줄 알았어."

내가 먼저 일어선 후 점원에게 병 맥주를 주문하는 그의 목소리를 뒤로하고 거리로 나섰다. 살점이 떨어져 나간 듯 가슴 한쪽이 쓰려 왔지만, 나는 떨어져 나간 것이 병든 살점이었음을 알고 있었다. 머지않아 상처에도 새살이 돋고, 전보다 더 건강해질 것이다.

장미경 전무는 내 얼굴이 까칠해졌다며 인삼차를 내주

었다.

"떠나는 일이 힘들어요. 물론 해보기 전에 생각했던 것보다는 훨씬 덜하지만요."

"미경 씨를 보니 이제 여행에 대비하는 일도 마무리 단계에 접어든 것 같네요."

"예, 저도 느껴요. 어딘가 허전하기도 하지만 자유와 편안함을 느껴요. 그리고 아주 나이가 많이 들어 버린 것 같은 느낌도 들고요."

장 전무는 내 말을 이해하는 듯 고개를 끄덕이며 말했다.

"그렇다면 지금까지 아주 제대로 온 거예요. 하지만 걱정하지 마요. 일단 '떠남'의 궤도에 오른 다음 느끼게 되는 조로(早老)는 더 이상 진행되지 않으니까요. 결과적으로 평생 늙지 않는 마음으로 살 수 있게 되지요."

장미경 전무는 미리 출력해 놓은 오늘의 주제를 건네주었다.

'진정한 여행의 선물은 돌아와서 받는 것'

처음으로 주제를 읽자마자 그 의미가 단숨에 이해되었다.

모든 떠남에 수반되는 수많은 노력과 인내와 고통들은 떠남과 동시에 보상을 주지는 않는다. 내가 유빈을 떠나 보낸 이후 맞는 아침 해의 개수가 더해질수록 머리가 맑아지고 있는 것과 무관하지 않으리라.

"영어 단어 'travel(여행)'의 원래 뜻이 뭔지 알아요? 바로 '고생하다'예요. 그러고 보면 '집 떠나면 고생'이란 게 알고 보면 참 원뜻에 충실한 말이네요.

사실 모든 '떠남'은 편안함과는 거리가 멀어요. 삶에 지친 사람들이 휴양지로 쉬러 떠난다고는 하지만 몇 일 안 되는 휴가 기간 동안 긴 시간 비행기나 차를 타고 이동하는 것도 힘들고, 낯선 거리에서 목적지를 찾아 헤매는 것도 피곤한 일이죠. 자연 속에서 쉬는 것도 잠깐이고, 입에 안 맞는 음식과 여행지의 상혼 때문에 기분 상하는 일도 종종 생겨요. 정말 휴식만이 목적이라면 그냥 집에 있는 게 제일 나을 거예요. 하지만 그래도 사람들이 끊임없이 여행지를 찾아 떠나는 이유는 여행에서 돌아온 후 추억이라는 선물을 받기 때문이에요. 여행지에서의 휴식 자체가 아니라 '휴식의 추억' 때문에 여행이 우리 삶의 탈출구가 될 수 있는 거지요. 그 추억으로 숨 막히는 일상의 시간들을 버틸 힘을 얻는 거예요. 그렇기 때문에 우리는 여행하는 동안 겪게 되는 상당 부분의 유쾌하지 못한 시간도 담담하게 받아들일 수 있어야 해요. 여행이란 게 원래 그런 거거든요.

우리 삶의 '떠남'은 진짜 여행보다 더 다양한 선물을 줍니다. 이전에 갖지 못했던 것들을 갖게 해주기도 하고, 알지 못했던 것을 깨닫게 해주기도 하지요. 미경 씨가 더 나이 들어 추억이 재산임을 절감할 나이가 될 때, 그 모든 추억들이 한결같이 '떠남'의 과정에서 만들어진 것임을 알게 될 거예요. 그리고 그 추억이 단순히 사진처럼 박제된 것이 아니라 미경 씨 자신을 성장시킨 계단이 되었다는 사실도 알게 될 테지요.

지금 미경 씨가 할 일은 여행이 주는 선물을 더 많이 받는 거예요. 여행 이후에 받는 선물의 양은 여행의 횟수가 아니라 한 번의 여행에 얼마나 깊고 넓은 시각을 열었나 하는 것과 비례하거든요. 지금 미경 씨가 '떠남'을 통해 받은 선물이 무엇인가, 그걸로 무엇을 할 수 있나 좀 더 고민해 보세요. 지금의 미경 씨라면 충분히 선물을 받아 누릴 자격이 있어요."

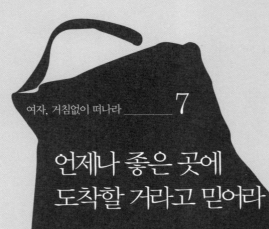

언제나 좋은 곳에
도착할 거라고 믿어라

길 위에서
낯선 곳을 향하려고
할 때는 언제나 내가
좋은 곳에 도착할 거라고
자신의 발걸음을
축복해 보세요.

내가 사표를 제출하자 실장은 가뜩이나 무표정한 얼굴에서 더욱 표정이 없어져 버렸다.

"이해가 되지 않는군요. 미경 씨는 지금 하는 일에서도 인정받고 있고 조금 있으면 핵심 부서로 승진 발령도 날 텐데 왜 그만두려는 거죠? 뭐 새로운 불만이라도 생겼어요?"

"아뇨. 전 그 어느 때보다 만족하고 있습니다. 제가 지금 떠나려는 건, 일과 회사에 대해 애정을 품게 되면서 정말 제가 하고 싶은 일을 알게 되었기 때문입니다. 그 일을 하면 지금보다 더 잘할 수 있을 것 같습니다. 좋은 자리에 저를 추천해 주신 실장님께는 정말 죄송하게 생각하고 있습니다."

불만도 없고 남아 있을 생각도 없다는 것을 확인한 실장은 마땅히 더는 할 말이 없어 보였다.

"그래, 미경 씨는 어떤 일을 하고 싶은 건가요?"

"저는 상품 바잉과 판매 기획에 관심이 많습니다. 홈쇼핑
이나 백화점 같은 곳에서 일을 하고 싶습니다."

"음…… 패션 회사의 홍보부 경험을 살려서 우선 패션 관
련 제품 판매 쪽을 알아봐야겠군요."

"예. 저도 그게 좋겠다고 생각합니다."

실장은 안경을 벗어 닦으며 잠시 말이 없었다. 안경을 쓰
지 않은 낯선 얼굴에서 삶의 피로가 느껴졌다.

"나로서는 고미경 씨를 일단은 잡아야 하는 입장이지만
그러고 싶지가 않군요. 내가 보기에도 고미경 씨는 홍보나
경영 기획보다는 그쪽이 적성에 맞는 것 같아요. 나도 한때
는 진짜 하고 싶은 일이 있었지만 여러 가지 이유로 떠날 수
없었지요. 거침없이 떠날 수 있는 고미경 씨의 젊음과 용기
가 부러워요."

평생 떠나지 못한 사람의 쓸쓸함이 나에게까지 전해져 왔
다. 장 전무를 만나지 못했다면, 그래서 떠남의 기술을 배우
지 못했다면 나 역시 십수 년 후 저렇게 허허로운 얼굴로 회
한을 달래고 있을까.

날씨가 따듯해지면서 사보 업무에 대한 인수인계도 거의 마무리되고 있었다. 특채로 오게 된 내 후임은 통통한 볼 살이 채 빠지지도 않은 늘 긴장된 표정의 젊은 여자였다. 사보를 혼자 만들어야 한다는 말에 바짝 겁부터 먹는 그녀의 얼굴에서 1년 전의 내가 보였다.

3일 후면 마감이고, 난 더 이상 편집 마감에 발을 구를 일이 없을 것이다. 나는 그 어느 때보다 정성껏 기사와 자료들을 다듬고 있었다. 오늘은 사보에 넣을 원고의 마지막 취재를 위해 장미경 전무를 인터뷰하는 날이다. 나는 봄꽃을 한 아름 엮어 넣은 부케 꽃다발을 들고 장 전무의 방에 들어섰다.

"어서 와요. 기다리고 있었어요. 이건 수업료인가요?"

그녀는 꽃다발만큼이나 화사한 미소를 지으며 나를 반겼다.

"아뇨. 그냥 선물이에요. 수업료야 이깟 꽃으로 대신할 수 있나요. 앞으로 평생, 살면서 차차 갚아 드려야지요."

"내 레슨의 가치를 알아준 것만으로도 나는 다 받았네요."

장 전무가 어린아이처럼 기뻐하는 모습에서 세월과 생활에 찌들지 않은 천진함이 보였다. '떠남'에 통달해 늘 새로운 삶을 사는 이의 활력이 바로 저런 것일 터였다.

"전무님, 저 사표 냈어요."

"드디어 그랬군요. 이제 어떡할 생각이에요?"

장 전무는 당연한 일처럼 내 사직에 대해 덤덤히 되물었다. 전에는 사표를 내겠다고 할 때 만류했던 그녀였지만, 언제고 알맞은 때가 도래했을 때 내가 마땅히 떠나야 한다는 생각은 하고 있었던 것이다.

"긴 여행을 떠나려고요. 이번에는 허겁지겁 명소를 들르는 여행은 하지 않을 거예요. 전무님의 일곱 가지 지침 그대로 정말 가치 있는 여행을 해보고 싶어요. 일종의 실습이라고나 할까요. 돌아와서는 거기서 경험한 '떠남'을 제 삶에 적용하며 살아야겠죠.

그리고 오랫동안 마음에 미련을 두고 있던 일도 해볼 생각입니다. 바티칸에 다시 들러서 이번에는 베드로의 발을 만지며 소원을 빌 거예요. 이제는 제가 무슨 소원을 빌어야 할지 확실히 알거든요."

그렇게 말하는 나를 장미경 전무가 지그시 바라보았다. 그녀의 표정에서 어떤 종류의 기쁨을 읽을 수 있었다.

"그렇다면 마지막 일곱 번째 지침을 서둘러 알려 줘야겠네요. 미리 잘 익혀서 여행에 적용할 수 있도록."

장 전무가 건네준 종이에서 그 마지막 지침을 대할 수 있었다.

'언제나 좋은 곳에 도착할 거라고 믿을 것'

"삶이 우리의 여행을 어떤 방향으로 몰아갈지 실은 아무도 몰라요. 우리가 할 수 있는 일은 어떠한 조건에서도 여행이 주는 선물을 받을 수 있는 마음의 그릇을 가지는 것밖에 없을지도 모르겠어요.

길 위에서 낯선 곳을 향하려고 할 때는 언제나 내가 좋은 곳에 도착할 거라고 자신의 발걸음을 축복해 보세요. 그러면 정말로 길은 좋은 곳으로 미경 씨를 안내할 거예요. 모든 타지를 낯설고 힘들다며 침 뱉는 사람과 미경 씨는 같은 지구 위에서 전혀 다른 세계를 사는 게 될 거예요."

장 전무의 마지막 지침은 가르침이라기보다는 어느 현자의 축복처럼 들렸다. 어쩌면 그 축복이 앞서 배운 그 어떤 '떠남'의 기술보다 중요한 것일 수도 있겠다는 생각이 들었다.

정중히 인사를 하고 일어서려는 내게 장 전무가 말했다.

"돌아와서 미경 씨가 일할 곳을 찾게 되겠지요? 여러 곳을 충분히 알아보세요. 그런 후, 만약 마음에 든다면 우리 KM에서 인수해 재창립하게 될 KM 홈쇼핑도 고려해 보세요."

그녀의 말에 내 가슴이 미친 듯이 두방망이질 쳤다. 그녀를 만난 첫날 내게 특별한 선물을 주겠다고 했던 그때만큼이나 설레는 순간이었다.

"아마, 내가 거기 사장으로 발령받을 것 같아요. 내가 경영할 회사에서는 '떠남'에 능숙하고 물건 보는 안목이 있는 MD가 필요해요."

그렇게 말하고 한쪽 눈을 찡긋해 보이는 장 전무 앞에서 나는 어떻게 자제해 볼 새도 없이 까악 소리를 지르고 말았다. 하지만 지금 이 순간만큼은 어떤 기묘한 모습으로 비치든 상관없다. 할 수만 있다면 난 3회 연속 텀블링이라도 했을 것이다.

사람들은 종종 자신에게 가장 필요한 것을 자존심, 혹은 망설임 때문에 놓쳐 버리곤 한다. 난 이제 그러지 않기로 했다. 떠나야 할 곳에서 떠날 줄 아는 사람이라면 영원히 버리지 말아야 할 것을 붙잡을 줄도 안다. 지금 내겐 채령이라는 친구가 내 인생에서 꼭 붙들어야 할 그 무언가였다.

도서관에는 여전히 기분 좋게 가라앉은 공기의 울림이 있었다. 누렇게 변색된 고서들을 정리하는 채령도 전과 다름없어 보였다. 채령은 옆에 쌓여 있는 책들을 하나씩 집어 들어 정보를 입력하고 바코드를 붙이고 있었다. 조용히 옆에 다가간 나는 모니터에서 눈도 떼지 않은 채령이 또 다른 책을 집어 들려고 손을 더듬거리자 얼른 하나를 집어 건네주었다.

"고마워."

채령은 내게 눈길조차 주지 않은 채 계속 하던 일을 했다. 아마 같이 근무하는 직원인 줄 아는 모양이었다. 나는 아무 말 없이 곁에 앉아 있었다. 그렇게 얼마의 시간이 지났을까. 작업을 거의 끝낸 채령이 겨우 고개를 들어 뻐근해진 뒷목을 주무르다가 나를 발견했다. 채령은 유령이라도 본 것처럼 눈을 동그랗게 떴다.

"깜짝이야! 그게 너였어? 왔으면 왔다고 말을 할 것이지……. 너 변태지?"

내가 한 짓이나 그녀의 반응이나 전과 다름없었다. 그간 숱한 떠남을 시도했지만 나는 여전히 변하지 않은 모양이다. 나라는 사람 그대로의 본질로도 삶을 변화시킬 수 있다는 건, 몹시 기분 좋은 일이다.

어느 순간, 나나 채령이나 누가 먼저랄 것도 없이 웃고 말았다. 더 이상 설명이나 변명의 말은 필요 없었다. 그걸로 되었다.

"채령아, 나 내일 떠나. 꽤 긴 여행이 될 거야."

"뭐?"

채령이 그 큰 눈을 다시 한 번 동그랗게 떴다.

"너 사람 놀래는 재주 있다?"

"그전에 꼭 널 보고 가고 싶었어. 나 축하해 줘. 이제 나 '떠남'에 대한 공부를 다 마쳤어. 공부 덕도 톡톡히 봤고."

"나도 사실은 그동안 많이 떠났어."

채령의 입에서 '떠났다'는 말이 나오자 나는 적이 놀랐다. 전에 내가 '떠남'에 대해 이야기했을 때 '네 몸무게로부터나 떠나.'라고 하던 그녀이니까.

"나 소설 습작 시작했어. 신춘문예를 목표로 아침마다 한 시간씩 일찍 일어나서 글을 쓰곤 해. 글을 쓰려고 생각을 할 때마다 내가 철이 든다는 느낌이 들어. 그게 좋아. 이런 게 네가 말하는 떠나는 거 맞지?"

나는 기쁘게 고개를 끄덕였다. 잠시 내 곁을 떠났던 친구는 더 깊이 나를 이해해 줄 수 있는 동지로 되돌아왔다.

"그리고…… 나 원장 씨하고 다시 만나. 모든 면에서 단정적인 내 태도가 사는 데 도움이 된 적도 많았지만, 그렇게 살면서 내가 놓친 게 있더라. 사람의 진심. 그 사람 진심으로 날 사랑하더라고. 설사 그 진심이 변하더라도 나도 한 번쯤은 모험을 해보자 싶었어. 상처 좀 받으면 어때."

그런 말을 하는 채령의 눈이 전과는 다른 빛깔로 빛나고 있었다. 어쩌면 우리는 각자의 자리를 떠나 서로의 자리에 앉으려 하는 게 아닌가 하는 생각이 들었다. 하지만 우린 그 자리에서조차 떠날 때쯤이면 전혀 다른 자리에 앉아서도 서로를 완벽히 이해할 수 있는 그 누군가가 되어 있겠지. 그렇게 떠나고, 이해하고, 품고 하는 게 또한 삶이겠지.

집으로 돌아오는 길, 집 앞에서 누군가의 그림자를 보았다.
'혹시 유빈?'
그러나 그는 우영기였다. 나는 잠깐 스스로를 책망했다.

유빈은 애초 그럴 만큼의 미련을 가질 만큼 나를 사랑하고 있지 않았다. 어느 만큼은 괴로웠을 수도 있지만(제발 그랬기를 바란다.) 지금쯤 홀가분하게 자신의 길을 가고 있을 것이었다.

"채령 씨가 지금 미경 씨를 만나지 않으면 나와 미경 씨 둘 다 후회할 거라고 하더군요. 전화도 받지 않고 해서 실례인 줄 알면서도 이렇게 기다리고 있었어요."

지금 보니 가로등 불빛을 등진 그의 옆모습도 나쁘지 않다. 코가 그리 작은 편도 아니네.

"그럼 영기 씨는 어떻게 생각하세요? 오지 않았으면 후회했을까요?"

"후회했을 것 같아요. 나도, 미경 씨도."

"도대체 내가 왜 좋아요? 나 미인형은 아니잖아요. 애교가 있는 것도 아니고. 돈도 별로 없어요."

"이럴 땐 이유가 없이 그냥 좋다고 해야 정답 아닌가?"

그의 말에 나도 모르게 피식 웃고 말았다. 우문현답.

"굳이 이유를 들자면 미경 씨 안에서 나보다 나은 뭔가가 보여요. 그래서 미경 씨와 함께 있으면 나도 더 나아질 것 같은 느낌이 들어서 기분이 좋아져요. 그리고 미경 씨 예뻐요.

특히 코가 정말 예쁜 거 알아요? 그래서 코 때문에 내가 싫다고 했을 때 정말로 논리적으로 납득이 될 정도였다니까요."

우영기의 마지막 말에 나는 골목길이 쩌렁쩌렁 울리도록 웃음을 터뜨리고 말았다. 얼결에 뱉은 내 어리석은 말이 각자 다른 이유로 서로를 괴롭게 했었구나.

"나 아주 솔직하게 말할게요. 지금의 나는 우영기 씨하고 만나고 싶어요. 그런데 지금 내 마음이 정말로 당신을 선택한 건지, 아니면 '떠남을 위한 떠남'처럼 수동적으로 마음이 가는 것인지 모르겠어요. 만약 지금 결정을 내리게 되면 난 또다시 내 마음을 들여다볼 기회를 잃고 말아요. 지금부터 내가 다시 돌아올 1년여의 시간 동안 기다려 달라고 했다가 '괜찮은 남자'인 영기 씨를 잃을 수도 있다는 걸 알아요. 그래도 어쩔 수 없다고 생각할 만큼 나한테는 그 공백이 절실해요."

나는 이해받을 수 없을 거라는 전제하에서도 열심히 내 생각을 말했다. 적어도 내가 그에게 크게 호감을 가지고 있다는 진심만은 전달되기를 바라면서.

"기다릴게요. 정말이에요. 기다릴게요. 미경 씨는 홀가분하게 떠나세요. 돌아와서 다시 만났을 때 내가 아니라는 생각이 든다면 그때는 나도 포기할게요."

문득 우영기의 머리 위로 보이는 하늘의 빛깔이 눈에 들어왔다. 어려서 내가 크레파스로 밤 풍경을 그리면 그날이 까만 크레파스가 동이 나는 날이었다. 그러나 지금 보이는 하늘은 까만색이 아닌 깊은 푸른색이다. 고흐의 그림 속에서 별보다 더 빛나던 밤하늘의 색깔 그대로다.

이제 나는 믿기로 했다. 내가 어둠이라고 생각했던 배경들은 실은 더욱 깊어진 삶의 빛깔들이었다고.

모든 해답은 떠나야 얻을 수 있다

나를 아는 사람들은 내가 '새가슴'이라는 걸 안다. 신호등 없는 건널목은 어느 너그러운 운전자가 딱 멈춰 주어야만 겨우 건널 수 있는 겁쟁이인 데다가 길을 잃으면 낯선 사람에게 말을 걸 용기를 그러모을 시간이 필요할 만큼 수줍음도 많다. 나는 익숙하고 안전한 것을 좋아하는 기질의 사람이며 새로운 자극에 혹하는 이들과도 다르다.

그런 내가 스무 살의 어느 날, 내가 처한 한심한 현실에서 벗어나려면 무언가로부터 떠나야만 한다는 것을 깨달았다. 물론 처음에는 그 '무언가'가 무엇인지조차 몰랐었다. 하지만 익숙한 것이 실은 가장 위험한 것이라는 사실, 이대로 머물러 있으면 내 인생이 지금보다도 더 형편없어질 것이라는 사실만큼은 분명히 알 수 있었다. 그때부터 머물고만 싶은 스스로를 설득해 심장이 터질 듯한 공포를 억누르고 나를 둘러싼 모든 것들로부터 조금씩 차례차례 떠나왔다.

자아의 구태로부터 떠나온 여행길에 나는 참으로 많은 선물을 받았다. 이전에 전혀 알지 못했던 세상 속에서 내가 태어나기 전부터 원했음이 분명한 가치들을 발견했고, 변화 자체에서 누릴 수 있는 기쁨을 배웠으며, 무엇보다 이전보다 더 나아진 나를 만날 수 있었다. 그 과정에서 얻은 뚜렷한 확신 한 가지는 사람이 떠나지 않고는 그 어떤 좋은 것도 얻을 수 없다는 것이었다.

좌절, 혹은 혼란에 빠져 있는 젊은 여자들이 도무지 떠나지 않고서 문제를 해결하려 드는 모습을 보면 안타깝기 짝이 없다. 그들이 왜 떠나지 못하는지를 잘 알기에 더욱 그러하다. 세상의 크고 작은 모든 성공이 결국 얼마나 잘 떠났느냐에 따른 결과물이라는 사실을 그들에게 어떻게 알려 줘야 할까, 나는 요 몇 년 그런 고민에 빠져 지냈었다. 그렇게 해서 스물다섯이라는 인생의 시점에서 갈팡질팡하는 미경이라는 이름의 여자가 내 인생으로 들어오게 되었다.

젊은이들은 떠나기에 가장 좋은 시기를 살고 있지만 두려움 때문에 떠나지 못한다. 나이 든 이들은 떠나는 일이 별것 아니라는 사실을 깨달았지만 잃을 것이 많아져 떠나지 못한다. 언제나 떠나지 못할 이유는 존재하고 머물러 있는 이유는 정당성을 찾는다. 하지만 내가 원하는 것 하나를 얻지 못하는 삶 속에서 정당성 따위가 무슨 소용이란 말인가.

삶이란 그리 친절한 편이 아니지만 생각만큼 냉정하지도 않다. 더 나은 가치를 향해 익숙한 나의 것을 버리고 떠나온 사람들의 용기에 대해 그만큼의 대가를 준다.

이제 나는 한동안 이야기 속 미경으로 살았던 나 자신으로부터 떠나려고 한다. 미경보다 더 아름다운 그녀들의 엑소더스를 꿈꾸며.

2008년 2월

여자, 거침없이 떠나라

1판 1쇄 발행 2008년 2월 14일
1판 7쇄 발행 2008년 4월 17일

지은이 남인숙

발행인 양원석
편집인 김기중
편집장 신선영 | 책임편집 공영아
영업마케팅 정도준, 임채성, 백창민, 허성권

펴낸 곳 랜덤하우스코리아(주)
주소 서울시 강남구 삼성동 159 오크우드호텔 별관 B2
편집문의 02-3466-8844 구입문의 02-3466-8955
홈페이지 www.randombooks.co.kr
등록 2004년 1월 15일 제2-3726호

글 ⓒ 2008 남인숙
표지·본문그림 ⓒ 2008 백솔

ISBN 978-89-255-1670-7 03810